KB063804

미스터 라푼젤

미스터 라푼젤

2022년 2월 28일 초판 1쇄 발행
2023년 10월 26일 초판 3쇄 발행

지 은 이 | 캐리 프란스만, 조나단 플래켓
옮 긴 이 | 박혜원
펴 낸 이 | 서장혁
책임편집 | 장진영
디 자 인 | 이가민
마 케 팅 | 윤정아, 최은성

펴 낸 곳 | 토마토출판사
주   소 | 서울시 마포구 양화로 161 케이스퀘어 727호
T E L | 1544-5383
홈페이지 | www.tomato4u.com
E-mail | edit@tomato4u.com
등   록 | 2012. 1. 11.
I S B N | 979-11-90278-87-4 (43840)

* 잘못된 책은 구입처에서 교환해드립니다.

미스터 라푼젤

캐리 프란스만, 조나단 플랙켓 지음

박혜원 옮김

토마토
출판사

일러두기

1. * 표시는 옮긴이의 주입니다.

2. 3인칭 대명사 '그녀'는 남성형 '그'를, 명사 '여왕'은 남성형 '왕'을 기본으로 하여
   파생된 여성형이지만 원작자의 의도에 따라 그대로 살려두었습니다.

3. 저자 조나단 플랙켓이 개발한 컴퓨터 프로그램은 비상업용입니다.

이 책이 세상에 나올 수 있도록 신비한 마술을 부려준

모든 요정 대모와 요정 대부에게

진심으로 감사의 인사를 전합니다.

우리의 세상과는 다른 세상을 꿈꿀 수 있도록

잠들기 전 수많은 책을 읽어주신 부모님에게 감사합니다.

무엇보다 가장 사랑하는 우리 딸, 라이라.

용, 여왕, 커다랗고 못된 늑대 등 네가 원하는 건

무엇이든 될 수 있다고 언제까지나 믿어주길 바란다.

작가의 말

친애하는 독자 여러분, 이 책을 읽어준 여러분께 감사하다는 인사를 전합니다. 우선 어쩌다 우리가 이 책을 기획하게 되었는지 알려드리고 싶어요.

조나단 플랙켓

제가 어렸을 때, 아버지께서 밤마다 저와 동생이 잠들기 전에 책을 읽어주셨어요. 그런데 우리 몰래 책에 나오는 등장인물들의 성별을 바꿔서 읽어주셨죠. 그렇게 하니까 아버지는 책을 더 재미있게 읽을 수 있었고, 우리는 구태의연한 성별 고정관념을 따르지 않고 신선하면서도 재미있는 인물들을 만날 수 있었어요.

30년이라는 시간이 지나, 저는 크리에이티브 테크놀로지스트가 되었습니다. 만화가이자 아티스트인 캐리 프란스만과 결혼도 했지요. 딸도 하나 있어요. 저희 부부는 이 아이가 여자아이도 힘이 장사일 수 있고 남자아이도 거리낌 없이 자신의 약점을 드러낼 수 있는 세상에서 살아가길 바랐어요.

그러다가 어떤 문장에서든 성별을 나타내는 단어만을 골라 자동으로 바꿔주는 컴퓨터 알고리즘을 만들어볼까 생각하게 되었어요. 예를 들어 '그'를 '그녀'로, '부인'을 '남편'으로, '딸'을 '아들'로 바꾸는 식이죠. 영어라는 언어의 특이성과 예상치 못했던, 꽤 장기전의 전쟁을 한바탕 치른 후, 마침내 어떤 문장을 넣어도 성별을 바꿔주는 사용하기 쉬운 컴퓨터 프로그램을 개발해냈습니다.

캐리 프란스만

조나단의 알고리즘을 보니 정말 흥미로웠어요. 이걸 현실에서 실제로 어떻게 활용할 수 있을지 고민해봤지요. 그래서 제가 전래동화에 적용해보자고 제안했어요. 우리 부부는 고전 속의 문장을 현대 기술과 섞는다는 아이디어와 오래된 이야기를 현대 독자를 위해 업데이트한다는 아이디어가 마음에 쏙 들었답니다. 또한, 만화가로서 새로운 스토리에 어떤 일러스트레이션을 담을지 상상하는 것도 참 가슴 두근거리는 일이었습니다.

우리는 앤드류 랭이 편집해 1889년부터 1913년 사이에 출판되었던 책이자 흠이 많기로도 유명한 「요정 이야기」*를 사용하기로 했습니다. 다양한 색채를 자랑하는 이 아름다운 전래동화 시리즈는 가브리엘-수잔 드 빌뇌브가 쓴 이야기 「미녀와 야수」와 그림 형제가 모은 이야기인 「헨젤과 그레텔」 「럼펠스틸트스킨」 「백설공주」 「라푼젤」을 포함해 세계 최고의 이야기만 골라 담아 대중에게 전했지요. 무슨 우연인지, 이 시리즈도 저희처럼 아내와 남편이 팀을 이뤄 함께 편집했더라고요. 책 표지에 편집자로 이름이 찍혀 명성을 얻은 건 남편 앤드류 랭이었지만요. 하지만 안드레아 데이라는 연구자에 따르면 책의 대부분을, 특히 시리즈 후반을 작업한 건 그의 아내인 레오노라 블랑쉬 '노라' 랭이라고 합니다. 이 사실을 발견하고 원래 이 프로젝트에 담으려 했던 우리의 의도를 생각해보니, 참 반가운 우

---

* 원제 「Fairy Books」

연이라는 생각이 들었어요!

전래동화는 성별을 바꿔서 읽기에 알맞은 장르입니다. 우리가 어렸을 때 가장 먼저 듣게 되는 이야기이자 이야기를 짓는 기본적인 토대가 되기도 하니까요. 환상의 나라를 체험하고, 마치 주인공이 된 듯한 기분도 느끼며, 괴물을 물리치기도 하지요. 가장 중요한 건 전래동화는 '선'과 '악'의 차이점과 사회 전반에 흐르는 도덕률을 가르쳐준다는 거예요. 남자아이들은 정의롭게 자신의 권리를 찾기 위해 거대한 콩나무를 용감히 올라야 한다거나 여자아이들은 어둑한 숲에서 낯선 사람과 대화하는 걸 경계해야 한다는 거지요. 하지만 전래동화는 마술과 마법 가루를 이용해 펼칠 수 있는 온갖 이야기들도 담고 있습니다. 만약 하프가 저절로 연주되고 쥐가 마부로 변신하는 세상을 상상할 수 있다면, (성별을 바꾸는 알고리즘의 도움을 받아) 왕이 아기를 낳길 바라고 나이 든 여인이 마녀가 아닌 세상 역시 상상할 수 있지 않을까요?

이런 생각으로 이 책이 탄생하게 되었습니다. 잠깐 멈춰서 '성별'이라는 단어와 우리가 무엇을 '바꾸는' 것인가에 관해 얘기해봅시다. 우리 부부는 세상에 성별이 단 두 개만 존재한다고 생각하지 않아요. 하지만 언어 사용 관점에서 볼 때 '여성'과 '남성'이 여전히 지배적이라고 할 수 있지요. 이러한 두 개의 지배적인 성별을 서로 바꿔봄으로써 이분법적인 개념을 흔들고 사회에서 성별을 두고 우리가 으레 어떤 추측을 하는지 고민해 봤으면 합니다.

조나단 플랙켓

성별을 바꿔주는 알고리즘으로 전래동화 몇 편을 돌려보니 우리의 프로젝트가 아주 특별하다는 사실을 깨달았어요. 눈앞에서 매력적인 인물이 창조되고, 숨겨져 있던 고정관념이 온전히 드러났거든요. 번쩍이는 갑옷을 입은 공주가 잠든 왕자를 구출하러 가는 장면이 펼쳐지고, 근엄한 왕이 창가에 앉아 바느질을 하며 아기를 바라기도 했어요. 비단결 같은 마음씨를 지닌 청년이 괴물같이 생긴 공주의 결점을 이해해준 대가로 큰 상을 받기도 했습니다. 옛날에 쓰인 전래동화가 성 편견에 단단히 사로잡혀 있음을 자연스레 드러내는 동시에 새로운 관점도 제시한 거예요.

이 알고리즘을 만들려고 했던 초기의 목적은 저의 시각과는 다르게 세상을 보기 위해서였습니다. 일부 변화는 예상했던 것이었지만 제가 미처 알아채지 못했던 미묘한 변화가 생기기도 했어요. 가령, 이제는 '자매들과 형제들', '그레텔과 헨젤'처럼 여성을 저절로 먼저 쓰게 되었습니다. 무엇보다 가장 좋았던 부분은 이런 변화를 통해 여성이 강력하고 다양한 역할을 맡게 되었고 남성도 세심할 수 있고 보호가 필요할 때도 있으며 타인을 친절하게 대함으로써 큰 상을 받을 수 있다는 거였습니다. 그리고 등장인물 간 관계에 이성애 규범이 만연했음을 뼈저리게 느낄 수 있어 동화가 쓰인 시대가 또 한 번 실감했지요. (이걸 해결하려면 다른 알고리즘을 만들어야겠네요!)

하지만 성별을 바꾸는 것 외에는 내용을 건드리지 않고 그대로 두었더니 각 등장인물이 어떻게 행동할 거라는 편견을 갖고 함부로 예상하면서 책을 읽지 않게 되더군요. 그동안 많은 사람이 전래동화를 개정해서 썼지만, 성별만 바꿔 쓴 사람은 한 명도 없었습니다. 그래서 훨씬 더 흥미로웠어요. 새로운 전래동화의 평가를 오로지 독자의 손에 맡기는 셈이니까요.

성별을 표시하는 단어 중 일부는 바꾸는 작업이 어렵지 않았습니다. '남자'를 '여자'로, '그녀'를 '그'라고 하면 되니까요. 하지만 이름, 직위, 의류처럼 '남성', '여성'과 문화적으로 결부되어 있는 단어가 문제였습니다. 우리는 이것도 바꾸기로 결정했어요. '잭'을 '재클린'으로, '경'을 '부인'으로, '드레스'를 '양복'으로 바꾸었습니다. 어떤 성별의 사람이든 자신이 좋아하는 이름을 갖고 편안하다고 느끼는 옷을 입으면 좋겠지만, 이 책에서만큼은 그렇게 하면 헷갈릴 거 같았어요. 그래서 꼬리표라고는 존재하지 않는 유토피아적인 세상을 창조하는 대신 '남자' 혹은 '여자'라는 이분법적인 아이디어가 팽배한 세상을 바꾸기로 했습니다. 우리는 이 책이 여성이 권력을 손에 쥔 평행세계에서 쓰였다는 분위기를 내고 싶었어요.

성별을 바꿀 때 가장 복잡한 문제는 신체와 관련된 일, 즉 성행위나 출산에 관한 거였습니다. 다행히도 전래동화인 만큼 출산만 걱정하면 되더군요. 남자가 아기를 낳을 수 있을지(혹시 서 있다가 아기가 나올 때 받은 거 아냐?), 혹은 마법에 걸린 수탉이라면 알을 낳을 수 있을지(그럴 수도 있지 않을까? 마법인데?)에 대해 이런저런 대화를 나누기도 했어요. 라푼젤의 머리카락을 둘러싸고 재미있는 토론을 벌일 때도 있었지요. 열두 살짜리 소년이 어떻게 그렇게 긴 수염을 기를 수 있을까? 아마도 열두 살 소녀도 그와 같은 마술에 걸려 그렇게 머리카락을 길게 기를 수 있었던 게 아닐까요.

캐리 프란스만

성별을 다 바꾸고 나자 이제 제가 그림을 그려야 했어요. 질릴 정도로 여러 번 그려진 유명한 전래동화에 그림을 그려야 한다고 생각하니까 처음에는 약간 겁이 나더라고요. 하지만 성별을 바꾼 이야기가 저에게 새로운 비전을 줄 거라는 확신이 들었습니다.

먼저, 전래동화의 전형적인 그림과 일러스트레이션을 조사했더니 특정 패턴이 보이기 시작했어요. 공주들의 소극적인 자세, 목구멍이 다 보이도록 크게 벌린 입, 가슴과 허리에 딱 들러붙고 허리 밑부터는 퍼지는 옷들. 이런 그림을 성별만 바꿔서 똑같이 그린 다음 어떤지 살펴보았어요. 그다음, 성별이 바뀐 버전으로 저만의 그림을 그리기 시작했습니다. 각 이미지의 새로운 힘 균형에 집중하면서요.

얼마 전, 두 살짜리 딸에게 오전 내내 작업실에서 그린 「빨간 망토 소년」을 보여주었습니다. 나쁜 캐릭터처럼 보이는 덩치 큰 암컷 늑대가 빨간 망토를 쓴 자그마한 소년을 덮치려는 그림이었지요. 딸아이는 그림이 흥미로웠는지 한참을 들여다보았어요. 그날 밤, 데이비드 아텐버러가 진행하는 다큐멘터리를 보다가 제가 딸에게 물었어요. "너는 동물이 된다면 어떤 동물이 되고 싶어?" 그랬더니 조금의 망설임도 없이 이렇게 대답하는 거예요. "커다랗고 나쁜 늑대요!"

이 책이 여러분에게 새로운 시각으로 세상을 보여주면서도 생각할 거리를 던져줄 수 있기를 진심으로 바랍니다.
　여러분의 후기와 감상을 듣고 싶어요. genderswappedfairy tales.com이나 @KarrieFransman, @JonPlackett에 남겨주면 감사하겠습니다.

따뜻한 마음을 담아
캐리 프란스만 & 조나단 플랙켓

CONTENTS

백설왕자

Snowdrop

먼 옛날 한겨울, 하늘에서 눈송이가 깃털처럼 사붓사붓 내리고 있었어요. 왕은 흑단나무로 된 창틀에 걸터앉아 바느질을 하고 있었죠. 문득 온통 새하얗게 변한 풍경을 가만히 바라보다 그만 바늘에 손가락을 찔리고 말았어요. 그러자 핏방울 세 개가 창문 밖으로 후드득 떨어졌지요. 하얀 눈에 떨어진 붉은 피가 너무나도 선명히 드러나는 걸 보고 왕은 갑자기 이런 생각을 했어요.

"아! 눈처럼 하야면서도 피처럼 붉은 입술에, 흑단처럼 머리가 까만 아기가 태어난다면 얼마나 좋을까!"

왕의 소원은 이루어졌습니다. 머지않아 남자 아기가 태어났거든요. 피부는 눈처럼 희고 입술과 볼은 피처럼 빨갛고 머리카락은 흑단처럼 검었죠. 이름은 백설왕자라고 지었답니다. 백설왕자가 태어나고 얼마 후, 안타깝게도 왕은 죽고 말았어요.

1년이 지나자 여왕은 재혼을 했습니다. 새로 맞은 왕은 대단히 아름다운 남자였지만, 어찌나 자존심이 세고 거만한지 자신의 미모를 위협할 만한 사람은 절대 가만두지 않았어요. 새 왕에게는 신비로운 말하는 거울이 있었답니다. 왕은 종종 거울에 비친 자신의 모습을 뚫어지게 쳐다보다가 이렇게 묻곤 했어요.

"거울아, 거울아, 이 세상에서 누가 제일 잘생겼지?" 그러면 거울은 늘 "왕이시여, 바로 왕이시지요. 세상에서 왕보다 더 잘생긴 분은 없습니다"라고 대답했답니다. 말하는 거울은 언제나 진실만을 말하기 때문에 이 대답을 들은 왕은 행복해서 어쩔 줄 몰랐습니다.

하지만 백설왕자가 하루가 다르게 점점 더 아름다워졌고 일곱 살이 되자 그 미모는 이루 표현할 수 없을 정도로 활짝 꽃을 피우면서 왕보다 더 멋있어졌어요. 어느 날, 왕이 거울 앞에 서서 평소처럼 똑같은 질문을 던졌는데 거울이 이렇게 대답하는 거예요.

"왕이시여, 왕은 아름다운 분입니다. 그건 사실이지요. 하지만 이제는 백설왕자가 왕보다 더 아름답습니다." 이 말을 듣고 질투에 휩싸인 왕은 얼굴이 붉으락푸르락하면서 불같이 화를 냈습니다. 그때부터 왕은 죄 없는 백설왕자를 끔찍이 싫어하게 되었고 왕자를 향한 시기와 증오, 악의는 날로 커져만 갔습니다. 질투하고 시샘하는 마음은 지독한 잡초와 같지요. 결국 걷잡을 수 없이 커지더니 왕의 심장을 옥죌 지경이 되었습니다. 백설왕자를 더는 두고 볼 수 없던 왕은 기어코 여자 사냥꾼을 불러들였어요.

"백설왕자를 숲으로 데려가 다시는 내가 그 애 얼굴을 볼 수 없게 하라. 그 애를 반드시 죽인 다음, 폐와 간을 가져와. 확실히 죽었다는 걸 내가 알 수 있게 말이다."

사냥꾼은 왕의 명령대로 백설왕자를 어둑한 숲으로 데려갔습니다. 그런데 칼을 꺼내 들고 죽이려는 순간, 백설왕자가 눈물을 뚝뚝 흘리며 간청하기 시작했어요.

"제발 사냥꾼님, 절 살려주세요. 저기 깊은 숲속으로 쏜살같이 사라지겠습니다. 다시는 집으로 돌아가지 않을게요."

백설왕자의 빛나는 외모에 앳된 얼굴을 보니 사냥꾼의 마음이 흔들렸습니다.

"그래, 알았다. 가엾은 소년 같으니. 얼른 도망가거라." 이런 생각도 스쳤어요. '어차피 들짐승에게 곧 잡아먹히겠지.'

백설왕자의 몸에 직접 칼을 대지 않고 일을 해결했다는 생각에 마음이 한결 가벼워진 사냥꾼은 지나가던 멧돼지 새끼를 잡아 폐와 간을 꺼냈습니다. 그리고 성으로 돌아와 왕에게 백설왕자를 정말로 죽였다는 증거로 들이밀었습니다. 사악한 왕은 폐와 간에 소금 간을 해 푹 끓여 우걱우걱 먹어 치우면서, 드디어 백설왕자를 영원히 사라지게 했다며 흡족해했습니다.

정신없이 도망가던 백설왕자는 울창한 숲속에서 나무들이 마치 괴물처럼 보여 더럭 겁이 났고 어떻게 해야 할지 몰라 당황스러웠어요. 그래서 냅다 뾰족한 바위를 넘고 가시투성이 덤불을 지나 힘껏 달렸습니다. 가끔 야생동물이 지나가기도 했지만 왕자를 헤치진 않았어요. 다리에 남은 힘을 쥐어짜 뛸 수 있을 만큼 뛰고 나니, 저녁 무렵 자그마한 집 한 채가 눈에 들어왔습니다. 지칠 대로 지친 백설왕자는 쉬고 싶은 마음에 집에 들어가봤어요. 아늑한 집 안에는 물건들이 하나같이 조그마했어요. 하지만 그 어떤 집보다 더 깨끗했고 정리정돈이 잘되어 있었어요. 방 한가운데는 하얀 식탁보를 씌운 앙증맞은 식탁이 있고 일곱 개의 작은 접시와 포크, 스푼, 나이프, 텀블러가 놓여 있었어요. 벽 쪽으로는 일곱 개의 자그마한 침대가 나란히 있었고 눈처럼 새하얀 침대보가 덮여 있었습니다. 너무 배고프고 목말랐던 백설왕자는 각 접시에서 빵과 죽을 조금씩 먹고, 텀블러에 담긴 와인을 조금 마셨어요. 그러자 피곤함에 잠이 쏟아져서 침대에 누워보았어요. 하지만 영 불편했어요. 일곱 개의 침대에 차례로 누워봤지만 어떤 침대는 너무 크고 어떤 침대는 너무 작았습니다. 가장 마지막에 놓인 일곱 번째 침대에 눕자 드디어 몸에 딱 맞는 침대를 찾은 것 같았어요. 그래서 백설왕자는 침대에 편안히 몸을 누이고 착한 아이처럼 기도를 드린 다음, 곧장 잠에 빠져들었습니다.

하늘이 어둑해지자 이 소박한 집의 주인들이 돌아왔어요. 깊숙한 산중에 자리 잡은 광산에서 일하는 일곱 명의 여자 난쟁이들이었죠. 난쟁이들이 일곱 개의 귀여운 램프에 불을 붙이자 방 안이 환해졌어요. 눈이 밝은 빛에 적응하고 나니 이내 누군가 방에 들어왔다는 걸 알아챌 수 있었지요. 집을 나가기 전 말끔히 정리했던 물건들이 제자리에 있지 않았거든요.

첫째가 물었어요.

"내 작은 의자에 누가 앉았어?"

둘째가 말했어요.

"내 쪼그만 빵을 누가 먹었나?"

셋째가 뒤이었죠.

"내 죽에 누가 손댔어?"

넷째도 나섰어요.

"내 작은 접시에 있던 음식을 누가 먹었나?"

다섯째도 거들었습니다.

"내 깜찍한 포크를 누가 건드렸지?"

여섯째도 지지 않았어요.

"내 자그마한 나이프 쓴 사람은 누구야?"

일곱째도 의아했습니다.

"내 작은 텀블러에 있던 와인도 누가 마셨는데?"

방을 빙 둘러보던 첫째 난쟁이가 침대에 움푹 들어간 자국이 있는 걸 발견했어요.

백설왕자

"내 침대에 누가 누웠어?"

그 말에 난쟁이들도 우르르 달려가 각자 침대를 확인하고는 소리를 질렀어요.

"우리 침대에도 누가 누웠던 거 같아."

자기 침대를 들여다본 일곱째 난쟁이는 화들짝 놀라 뒷걸음질 쳤어요. 다름 아닌 백설왕자가 잠들어 있었으니까요. 다른 난쟁이들이 달려와 일제히 램프로 침대를 비췄어요. 생각지도 못한 백설왕자가 누워 있는 걸 보고 다들 너무 놀라 뒤로 자빠질 뻔했어요.

"세상에, 이게 웬일이야! 정말 예쁘게 생겼네!"

자는 아이가 어찌나 아름다운지, 난쟁이들은 백설왕자를 깨우지 않고 그냥 계속 침대에서 자게 놔뒀어요. 하지만 일곱째 난쟁이는 다른 난쟁이들의 침대를 한 시간에 한 번씩 돌아가며 자면서 겨우 밤을 날 수 있었답니다.

아침이 되자 백설왕자가 깨어났어요. 왕자는 일곱 난쟁이를 보고 더럭 겁을 먹었어요. 하지만 난쟁이들은 다정하게 대해주며 사근사근한 목소리로 이름을 물었어요.

"저는 백설왕자라고 합니다."

"우리 집에는 왜 온 거야?" 난쟁이들이 궁금해했지요.

그래서 백설왕자는 계부가 자신을 죽이려 했던 일, 사냥꾼이 목숨을 살려준 일, 온종일 정신없이 달려 이 집까지 오게 된 사연을 털어놓았어요. 이 서글픈 이야기를 듣고 난쟁이들이 말했어요.

"그럼, 여기서 지내면서 집을 청소하고 요리하고, 침대를 정리하고 설거지하고 바느질을 해줄래? 일을 잘하고 모든 걸 깨끗하고 단정하게 관리한다면 여기서 편안히 살게 해줄게."

"네. 전부 다 기꺼이 하겠습니다."

그렇게 백설왕자는 난쟁이들과 살게 되었어요. 아침마다 난쟁이들은 금을 캐러 산으로 갔고 저녁이 되어 집에 오면 백설왕자가 늘 저녁을 준비해놓고 있었지요. 하지만 낮에는 집에 아무도 없이 혼자 있으니 늘 조심하라고 경고했어요.

"네 계부를 조심해. 곧 네가 여기 있다는 걸 알아낼 테니까. 무슨 일이 있어도 누구도 집에 들이면 안 돼."

백설왕자의 폐와 간을 먹어 치운 줄로 믿고 있던 왕은 자신이 이 세상에서 가장 아름다운 사람이 되었다는 사실을 털끝만큼도 의심하지 않았어요. 그러던 어느 날, 거울 앞에 서서 물었지요.

"거울아, 거울아, 이 세상에서 누가 가장 아름답지?"

거울이 이렇게 대답했어요. "나의 왕이시여. 당신은 아름답습니다. 그건 사실이지요. 하지만 백설왕자가 당신보다 훨씬 더 아름답습니다. 일곱 명의 자그마한 여자들과 사는 백설왕자가 당신보다 더 매력적이랍니다."

왕은 이 말을 듣고 경악을 금치 못했어요. 거울은 늘 진실만을 말했기 때문에 왕은 그제야 사냥꾼이 자신을 속였다는 걸 알게 됐죠. 백설왕자가 살아 있다는 것도요. 왕은 어떻게 하면 백설왕자를 없애버릴 수 있을지 아침저녁으로 머리를 싸매고 고민했어요. 이 땅에 그의 미모에 필적할 상대가 있다는 불안감에 도무지 마음을 안정시킬 수가 없었거든요. 끝내 왕은 계획을 세웠어요. 늙은 보따리장수인 것처럼 얼굴에 색을 칠하고 옷을 갈아입어 전혀 알아보지 못하게 변장했어요. 이렇게 준비를 마치고 왕은 일곱 개의 언덕을 넘어 일곱 난쟁이가 산다는 집을 찾아갔어요.

집에 도착한 왕이 문을 두드리며 외쳤어요.

"예쁜 옷 팝니다. 예쁜 옷 팔아요!"

백설왕자가 창문으로 흘끗 내다보며 물었어요.

"안녕하세요. 뭘 파시나요?"

"좋은 옷이오. 예쁜 옷이오. 색색의 레이스가 종류별로 다 있소이다." 그러면서 왕은 고운 색감의 실크로 만든 옷을 들어 보였어요.

'굉장히 정직해 보이는 상인인데, 문을 열어도 괜찮겠지.' 백설왕자는 이렇게 생각하고 빗장을 열어 예쁜 레이스로 된 옷을 샀어요.

"세상에! 소년이여, 정말 몸이 아름답군요. 자! 이번만 내가 제대로 옷을 입혀주리다."

악의라고는 전혀 느끼지 못한 백설왕자는 늙은 상인이 셔츠의 끈을 매도록 내버려두었어요. 그런데 어찌나 빨리, 어찌나 세게 끈을 묶는지 백설왕자는 점점 숨이 막히더니 결국 쓰러져 숨을 거두고 말았어요.

"자, 이제 세상에서 제일 아름다운 사람은 네가 아니란다." 사악한 왕은 이렇게 말하고 서둘러 길을 떠났어요.

저녁이 되자 일곱 난쟁이가 집으로 왔습니다. 그런데 바닥에 백설왕자가 죽은 것처럼 꼼짝도 안 하고 누워 있으니 일곱 난쟁이가 얼마나 놀랐는지 여러분도 짐작할 수 있겠죠. 왕자를 조심히 들어 올려 살펴보니, 셔츠 끈이 너무 세게 묶여 있었어요. 난쟁이들이 끈을 둘로 자르자 백설왕자가 희미하게 숨을 내쉬기 시작하면서 점점 얼굴에 생기가 돌았어요. 앞뒤 사정을 들은 난쟁이들이 이렇게 말했어요.

"듣자 하니, 그 늙다리 보따리장수가 왕인 거 같은데. 앞으로는 우리가 집에 없을 땐 절대 아무도 들이지 말란 말이다."

사악한 왕은 집에 도착하자마자 거울로 달려가 물었어요.

"거울아, 거울아, 세상에서 누가 제일 아름답지?"

그런데 거울이 이전과 똑같은 대답을 하는 거예요. "나의 왕이시여. 당신은 아름답습니다. 그건 사실이지요. 하지만 백설왕자가 당신보다 훨씬 더 아름답습니다. 일곱 명의 자그마한 여자들과 사는 백설왕자가 당신보다 더 매력적이랍니다."

이 말을 들은 왕은 시체처럼 얼굴이 창백해졌어요. 백설왕자가 목숨을 건졌다는 걸 바로 짐작할 수 있었거든요.

"이번에는 무슨 일이 있어도 확실히 끝장낼 방법을 생각해내고 말겠다."

왕은 자신이 훤히 꿰고 있는 마법을 이용해 독이 든 빗을 만들었어요. 이번에는 다른 옷을 입고 또 다른 노인으로 변장했어요. 다시 일곱 개의 언덕을 넘어 일곱 난쟁이가 사는 집에 도착했어요. 문을 두드리며 외쳤지요.

"좋은 물건 팔아요."

백설왕자가 창문으로 내다보고 말했어요.

"그냥 가세요. 저는 아무도 들이지 않을 거예요."

"하지만 그냥 내다보기만 하는 건 괜찮지 않을까요?" 노인은 독이 묻은 빗을 들어 보였어요.

빗이 어찌나 마음에 쏙 들던지 백설왕자는 속임수에 넘어가 문을 열어주고 말았어요. 물건을 팔고 나자 노인이 말했어요.

"자, 내가 이번만 머리를 빗겨드리지요."

가여운 백설왕자는 노인이 선한 사람이라고 생각했어요. 하지만 빗에 들어 있던 독이 머리카락에 채 닿기도 전에 백설왕자의 몸

으로 들어갔어요. 백설왕자는 의식을 잃고 바닥에 툭 쓰러지고 말았습니다.

"자, 나의 아름다운 청년이여, 이번에는 완전히 목숨을 거뒀구나." 간사한 왕은 이렇게 말하고 서둘러 집으로 돌아갔습니다.

다행히도 그때는 저녁 무렵이어서 얼마 지나지 않아 일곱 난쟁이가 집으로 돌아왔어요. 죽은 채 바닥에 널부러진 백설왕자를 보자 난쟁이들은 바로 나쁜 계부가 또 수작을 부렸다는 걸 알아챘어요. 그래서 온몸을 뒤져 독이 든 빗을 찾아냈지요. 빗을 머리에서 빼낸 순간 백설왕자가 다시 숨을 쉬기 시작했어요. 그리고 무슨 일이 있었는지 말해주었어요. 난쟁이들은 스스로 조심해야 한다며 아무에게도 문을 열어주지 말라고 신신당부했어요.

왕은 궁에 도착하자마자 거울로 달려갔습니다.

"거울아, 거울아, 세상에서 누가 제일 아름답지?"

그런데 거울이 또 이렇게 대답하는 거예요. "나의 왕이시여. 당신은 아름답습니다. 그건 사실이지요. 하지만 백설왕자가 당신보다 훨씬 더 아름답습니다. 일곱 명의 자그마한 여자들과 사는 백설왕자가 당신보다 더 매력적이랍니다."

이 말을 들은 왕은 몸을 벌벌 떨며 분노했어요.

"백설왕자를 반드시 죽여야 해. 그래, 내 목숨을 걸고서라도."

그리고는 자신만 아는 작은 비밀의 방으로 들어갔어요. 거기서 독이 든 사과를 만들어냈지요. 겉으로 보기에는 새빨갛고 하얗게 반짝거려 사과를 본 사람은 누구나 침을 흘릴 법했지만, 누구라도 입을 댔다가는 즉시 목숨을 잃을 정도로 치명적이었어요. 사과를 다 만들고 나자 왕은 얼굴을 변장하고 농부처럼 옷을 입었어요. 그리고 일곱 개의 언덕을 넘어 일곱 난쟁이가 사는 곳으로 갔어요. 여느 때처럼 문을 두드렸지만 백설왕자는 창문으로 고개만 내밀고 외쳤어요.

"누구도 들일 수 없어요. 일곱 난쟁이가 절대 문을 열지 말라고 했거든요."

"독이 몸에 퍼질까 두려운 게요? 자, 그렇다면 내가 이 사과를 반으로 갈라보리다. 이 하얀 부분을 내가 먹어볼 터이니 당신은 붉은 부분을 먹으면 되지 않겠소."

왕이 사과를 어찌나 교묘하게 만들었는지 빨간 부분만 독이 들어 있었어요. 백설왕자는 그 먹음직스러운 사과를 깨물어보고 싶었어요. 농부가 사과를 덥석 무는 모습을 보자, 더는 참기

가 힘들었어요. 그래서 손을 뻗어 독이 든 부분을 받아들었어
요. 한 입 콱 물자마자 백설왕자는 정신을 잃고 바닥에 푹 쓰러
졌어요. 잔인한 왕은 기뻐서 눈을 번쩍이며 크게 웃었어요.

"피부는 눈처럼 희고 입술은 피처럼 붉고 머리카락은 흑단처
럼 검은 왕자여, 이번에는 난쟁이들도 너를 살려내지 못할 것
이다."

왕은 궁으로 돌아가 거울에게 물었어요.

"거울아, 거울아, 세상에서 누가 제일 아름답지?"

거울은 "왕이시여, 당신이 가장 아름답습니다. 이 세상에 더
아름다운 남자는 없습니다"라고 대답했어요. 그제야 질투심에
불타오르던 왕의 마음이 가라앉았어요. 하지만 시기로 가득한
마음은 늘 평온할 리 없지요.

난쟁이들이 저녁이 되어 집에 와보니 백설왕자가 바닥에 쓰
러져 있었어요. 숨도 쉬지 않았고 꼼짝도 하지 않았어요. 난쟁
이들은 왕자를 들어 올려 독이 어디 있나 샅샅이 찾아봤어요.
셔츠 끈도 풀어보고 머리카락도 빗어보고 물과 와인으로 씻겨
도 봤지만 모두 허사였지요. 왕자는 죽었고 더는 깨어나지 않
았어요. 그래서 왕자를 관에 넣고 모두가 둘러서서 사흘 내내

눈물을 뚝뚝 흘리며 서글프게 울었어요. 이제 그만 묻어주려 했지만, 왕자가 아직도 살아 있는 것처럼 어찌나 생생한지 볼은 여전히 사랑스러운 빛을 띠었어요.

"왕자를 도저히 시커먼 땅에 묻을 수 없어."

난쟁이들은 투명한 유리관을 만들었어요. 거기다 백설왕자를 누이고 관 뚜껑에는 황금색 글자로 그가 왕자임을 표시했지요. 그런 다음 관을 산꼭대기에 놓고 난쟁이들이 돌아가며 관 옆을 지켰어요. 하늘을 날던 새들이 와서 백설왕자의 죽음을 애통해했어요. 처음에는 올빼미가 왔고 다음에는 까마귀가, 마지막에는 작은 비둘기가 왔어요.

백설왕자는 관에 오랫동안 누워 있었지만, 마치 잠들어 있는 것처럼 외모가 살아 있을 때와 똑같았어요. 눈처럼 흰 피부에 피처럼 붉은 입술, 머리카락은 흑단처럼 까맸어요.

어느 날, 한 공주가 숲에 왔다가 난쟁이의 집을 지나게 되었어요. 그러다 관에 누워 있는 아름다운 백설왕자를 발견하고 첫눈에 반했지요. 관 뚜껑에 황금색 글자로 쓰인 글자를 읽고는 난쟁이에게 말했어요.

"나에게 관을 주세요. 원하는 건 뭐든 드리겠습니다."

하지만 난쟁이는 거절했어요. "안 됩니다. 세상에 있는 금을 다 준다고 해도 왕자와 헤어질 수 없어요."

"제발, 저에게 주시면 안 될까요. 저는 백설왕자 없이는 살 수 없을 거 같아요. 제일 소중하게 여기며 아끼고 사랑하겠습니다."

어찌나 구슬프게 애원하던지 마음씨 착한 난쟁이는 공주가 불쌍해졌어요. 그래서 관을 주었죠. 공주는 신하들을 시켜 관을 어깨에 메게 했어요. 그런데 신하들이 언덕을 내려가다 그만 튀어나온 덤불에 발이 걸려 넘어지고 말았어요. 어찌나 관이 크게 흔들렸는지 백설왕자의 목을 막고 있던 사과 조각이 툭 튀어나왔어요. 왕자는 서서히 눈을 뜬 다음 관 뚜껑을 열고 멀쩡한 사람처럼 일어나 앉았습니다.

"세상에, 여기가 어디지?" 백설왕자가 물었어요.

공주는 너무 기뻐서 외쳤어요. "당신은 저와 함께 있답니다." 공주는 그동안 있었던 일을 이야기하며 이렇게 말했어요. "이 세상에서 당신을 가장 사랑합니다. 저와 함께 어머니의 성으로 가서 제 남편이 되어주시겠어요?"

백설왕자는 고개를 끄덕이고 공주를 따라 갔습니다. 그리고 성대하고 화려하게 결혼식을 올렸어요.

백설왕자의 사악한 계부도 결혼식 손님으로 초대되었어요. 왕은 결혼식을 위해 값비싼 옷을 차려입고 거울 앞에 섰습니다.

"거울아, 거울아, 세상에서 누가 제일 아름답지?"

거울이 대답했어요. "왕이시여. 왕은 아름다우십니다. 그건 사실이지요. 하지만 백설왕자가 왕보다 더 아름답습니다." 이 말을 들은 왕은 저주를 퍼부었어요. 굴욕감과 분노로 제정신이 아니었지요. 결혼식에 가고 싶은 마음이 싹 사라졌어요. 하지만 그 젊은 왕을 직접 보기 전에는 절대 행복해질 수 없을 거 같았어요. 왕이 성에 도착하자 백설왕자는 그를 알아보고 공포에 질려 거의 쓰러질 뻔했어요. 하지만 새빨갛게 달아오른 쇠구두가 사악한 왕을 위해 준비되어 있었어요. 왕은 그 신발을 신고 춤을 춰야 했고 그러다 마침내 쓰러져 죽었답니다.

미스터 라푼젤

Mr. Rapunzel

옛 날 옛적에 선하지만 무척이나 불행한 부부가 살고 있었어요. 두 사람에게는 아이가 없었거든요. 이 부부가 사는 집 뒤로 작은 창문이 하나 나 있었어요. 대단히 아름다운 정원을 내다볼 수 있었죠. 정원에는 온갖 종류의 꽃과 채소가 싱싱함을 뽐냈어요. 하지만 높은 담으로 둘러싸여 그 누구도 감히 들어갈 생각을 못 했어요. 게다가 그 정원은 굉장한 마력을 갖고 있어 온 세상 사람들이 두려워하는 마법사의 것이었거든요. 어느 날, 남편이 창가에 서서 정원을 바라보고 있었는데 너무나 예쁜 초롱꽃 밭이 눈에 들어왔어요. 잎이 어찌나 싱싱한 초록빛을 띠는지 한 번이라도 맛보고 싶단 생각이 들었지요. 그 욕망은 날이 갈수록 강해졌어요. 먹을 수 있는 가망성이 전혀 없다는 걸 알아서인지, 주체할 수 없을 정도로 우울해지기 시작하더니 얼굴이 창백해지고 몸은 하루가 다르게 야위어 갔어요. 이 모습에 놀란 아내가 물었어요.

"도대체 뭣 때문에 이러는 거예요?"

남편이 대답했어요. "아, 집 뒤에 있는 정원에 핀 초롱꽃을 먹어보지 못한다면 내가 곧 죽어버릴 거 같아요."

남편을 진심으로 사랑했던 아내는 이런 생각이 들었어요. '아! 남편을 잃을 바에야 무슨 대가를 치르고서라도 초롱꽃을 따와 야겠다.' 땅거미가 지자 아내는 마법사의 정원을 둘러싼 담을 올라 초롱꽃 잎을 한 줌 따서 남편에게 가져왔어요. 남편은 잎 으로 샐러드를 만들어 먹었는데 어찌나 맛 있던지, 금지된 꽃에 대한 남편의 욕망은 이전보다 더 커져버렸어요. 남편이 조금이 라도 마음에 평화를 얻으려면 아내가 다시 정원 벽을 넘어 꽃잎을 가져오는 수밖에 없었어요. 그래서 또 황혼녘에 아내가 갔지요. 하지만 정원에 발을 들여놓았을 때 아내는 공포에 질려 뒷걸음질 쳤어요. 눈앞에 늙은 남자 마법사가 떡하니 서 있었거든요.

마법사는 아내를 무시무시한 눈길로 쳐다보았어요. "네가 감히 내 정원에 들어와 도둑처럼 초롱꽃을 훔쳤겠다? 무모한 짓을 저질렀으니 벌을 받아야겠다."

"오! 저의 주제넘은 행동을 용서해주십시오. 너무 간절한 마음에 이런 짓을 하게 되었습니다. 제 남편이 창문 너머 초롱꽃을 보고는 먹고 싶은 마음이 너무나도 간절해진 나머지 죽을 지경이 되었습니다."

그러자 마법사의 분노가 조금은 가라앉았어요.

"사정이 그렇다면 초롱꽃은 원하는 만큼 가져가도 좋다. 하지만 조건이 하나 있어. 이제 너와 네 남편이 아이를 갖게 될 텐데 그 아기를 나에게 데려와야 한다. 내가 알아서 잘 키울 것이야. 아버지처럼 살뜰히 돌봐주마."

두려움에 절어 있던 아내는 그의 말을 따르기로 했습니다. 얼마 후, 아기가 태어났어요. 순식간에 마법사가 나타나 아기

미스터 라푼젤

의 이름을 라푼젤이라고 지었어요. 라푼젤
은 초롱꽃의 또 다른 이름이랍니다. 그리
고는 아기를 데리고 사라졌어요.

　라푼젤은 세상에서 가장 아름다운 소년
으로 자랐습니다. 마법사는 자신에게 아버
지라고 부르는 라푼젤이 열두 살이 되자 탑
에 가뒀어요. 탑은 울창한 숲 가운데에 있
었고 계단도 없고 문도 없이 오로지 가장
위에 자그마한 창문만 하나 있었어요. 마
법사는 탑에 올라가기 전 밑에 서서 이렇게
외쳤어요.

　"라푼젤, 라푼젤, 너의 황금 수염을 내려
다오."

　라푼젤의 수염은 어찌나 길고 탐스러운
지 마치 금실로 된 것처럼 아름다웠어요.
라푼젤이 마법사의 목소리를 듣고 20미터
정도 길이의 땋은 수염을 창문 밖으로 내려
뜨리면 마법사가 수염을 잡고 올라왔어요.

이렇게 살아가던 어느 날이었어요. 한 공주가 말을 타고 숲을 지나다 우연히 탑을 보게 되었어요. 근처로 가보니 누군가 어찌나 맑은 목소리로 노래하던지, 걸음을 멈추고 넋을 잃은 채 들었어요. 외로운 라푼젤이 노래라도 해서 시간을 흘려보내려고 감미로운 목소리로 숲이 울리도록 노래를 부르는 소리였지요. 공주는 목소리의 주인공이 너무 궁금해서 문을 찾아 두리번거렸지만, 도저히 찾을 수 없었어요. 공주는 말을 타고 집에 가서도 그 노랫소리가 귓가에서 계속 맴돌아 매일같이 숲으로 가서 들었어요.

어느 날, 공주가 나무 뒤에 서 있었는데 늙은 마법사 한 명이 탑 밑으로 오더니 이렇게 외쳤어요.

"라푼젤, 라푼젤, 네 황금 수염을 내려다오."

그러자 라푼젤이 땋은 수염을 내렸고 마법사는 그걸 잡고 탑을 올라갔어요.

"아, 그러니까 저걸 계단 삼아 올라가는 거였구나? 그렇다면 나도 올라가 운을 시험해봐야겠다."

다음 날 새벽녘, 공주는 탑 밑으로 가서 외쳤어요.

"라푼젤, 라푼젤, 네 황금 수염을 내려다오."

라푼젤이 수염을 내리자마자 공주는 수염을 타고 올라갔어요.

처음에는 웬 여자가 올라오자 라푼젤이 잔뜩 겁을 먹었어요. 여자를 한 번도 본 적이 없었거든요. 하지만 공주가 아주 다정한 말투로 라푼젤의 노래에 감동해 목소리의 주인을 만나기 전에는 도저히 마음을 달랠 수 없었다고 고백했어요. 그러자 라푼젤의 두려움도 금세 사라졌지요.

이어지는 공주의 청혼에 라푼젤은 생각했어요. '저렇게 젊고 잘생긴 공주라니. 늙은 마법사와 지내는 것보다는 훨씬 더 행복하겠지.' 그래서 공주가 내민 손을 잡고 말했어요.

"좋습니다. 결혼하겠어요. 기쁜 마음으로 당신을 따라가겠습니다. 그런데 제가 탑을 어떻게 내려가죠? 공주님이 올 때마다 명주실을 한 타래 가져오는 게 좋겠어요. 제가 그걸로 내려갈 사다리를 만들겠습니다. 다 만들고 나면 그걸 잡고 내려갈 수 있겠지요. 그러면 공주님이 저를 말에 태워 데려가주세요."

둘은 그렇게 하기로 했고 공주는 사다리가 완성될 때까지 매일 저녁 라푼젤을 보러 왔어요. 늙은 마법사는 낮에 왔거든요. 물론 마법사는 무슨 일이 일어나고 있는지 전혀 눈치 채지 못했어요. 그런데 하루는 라푼젤이 무심코 마법사를 보고 이런 말을 뱉고 말았어요.

"아버지는 젊은 공주에 비해 왜 이렇게 올리기가 힘들까요? 공주는 늘 눈 깜짝할 새 올라오는데 말이에요."

"오, 이런 교활한 놈! 그게 무슨 말이냐? 너를 세상으로부터 완전히 숨긴 줄 알았건만, 네가 나를 속이고 있었구나."

마법사는 분노로 치를 떨며 라푼젤의 아름다운 수염을 왼손으로 쥐고 둘둘 감아 오른손으로 가위를 들고 싹둑 잘라버렸어요. 그러자 곱게 땋은 수염이 바닥에 툭 떨어졌지요. 안타깝게도 얼음같이 냉정한 마법사는 라푼젤을 아무도 없는 사막으로 데려가 버렸어요. 라푼젤은 더 외롭고 불행해졌습니다.

그날 저녁, 마법사는 잘라낸 수염을 창문에 걸어두었어요. 이 사실을 알 리 없는 공주가 와서 외쳤습니다.

"라푼젤, 라푼젤, 네 황금 수염을 내려다오."

그러자 마법사가 수염을 내렸어요. 공주는 평소처럼 타고 올라왔지요. 그런데 사랑하는 라푼젤은 간데없고 늙은 마법사가 서 있는 거예요. 마법사는 사악한 기운이 이글대는 눈으로 공주를 쏘아보며 비웃었어요.

"하하하! 분명 네가 사랑하는 소년을 보려고 왔겠지. 하지만

그 예쁜 새는 날아갔고 그 한심한 노래는 사라졌단다. 고양이가 새를 잡아버렸거든. 이제 네 눈알도 뽑아야겠다. 넌 영원히 라푼젤을 찾지 못할 것이다. 다시는 만나지 못할 거야."

이 말을 들은 공주는 슬픔에 정신을 차릴 수가 없었어요. 절망감에 휩싸인 공주는 탑에서 뛰어내렸어요. 다행히도 목숨은 건졌으나 주변에 있던 가시에 눈이 찔리고 말았지요. 장님이 된 불행한 공주는 정처 없이 숲속을 걸었어요. 나무뿌리와 산딸기만 먹으며 근근이 버텼지요. 사랑하는 라푼젤이 그리워 눈물 흘리며 가슴 아파했어요. 그렇게 비통하게 수년을 떠돌다가 어느 사막까지 가게 되었어요. 그런데 어디선가 이상하게도 낯익은 목소리가 들려왔어요. 공주는 그 방향으로 얼른 발걸음을 옮겼어요. 꽤 가까이 가자 이 사막에 살고 있던 라푼젤이 공주를 알아보고 목을 와락 껴안으며 눈물을 쏟았어요. 라푼젤의 눈물이 공주의 눈에 닿은 순간, 공주의 눈이 확 밝아졌어요. 예전처럼 앞을 또렷이 볼 수 있게 됐죠. 그리고 공주는 라푼젤을 데리고 여왕의 나라로 갔어요. 사람들은 크게 기뻐하며 환영해줬어요. 이후로 둘은 행복하게 살았습니다.

장화 신은
암고양이

Mistress Puss in Boots

옛날에 방앗간을 운영하며 살던 여자가 있었어요. 그녀는 자신의 세 딸에게 방앗간, 당나귀, 암컷 고양이 한 마리를 남기고 죽었어요. 재산 분할이 시작되었어요. 공증인도, 변호사도 부를 필요가 없었어요. 별 볼 일 없는 유산이라 세 딸이 금방 나누어 가질 테니까요. 장녀는 방앗간을 가져갔어요. 둘째 딸은 당나귀를 데려갔지요. 막내딸은 달랑 고양이만 갖게 되었어요. 보잘것없는 유산을 받고 나니 막내딸은 마음이 쓸쓸하기 그지없었어요.

"언니들은 받은 유산을 합쳐서 일하면 넉넉하게 살 수 있을 거야. 그런데 나는 이 고양이를 잡아먹고 털로 따듯한 토시를

장화 신은 암고양이

뜨고 나면 굶어 죽는 수밖에 없겠어."

이 말을 들은 고양이는 짐짓 모른 체하며 심각하고 진중한 목소리로 이렇게 말했어요.

"착한 주인님, 그렇게 괴로워하지 마십시오. 저에게 진흙과 나무딸기 사이를 헤치고 돌아다닐 수 있는 장화 한 켤레와 자루만 하나 마련해주세요. 그러면 저를 유산으로 받은 게 생각처럼 그리 나쁘지만은 않다는 걸 알게 되실 겁니다."

막내딸은 고양이가 하는 말을 모두 믿진 않았어요. 하지만 평소에 쥐를 잡는 걸 보고 대단히 꾀가 많은 동물인 건 알고 있었지요. 나무에 매달려 있거나 옥수수가루에 몸을 숨기거나 죽은 척할 때도 있었거든요. 그래서 막내딸은 자신의 비참한 상황에 고양이가 도움이 될지도 모른다는 희망을 완전히 저버리지는 않았어요. 고양이는 부탁한 물건들을 건네받더니 씩씩하게 장화를 신고 자루를 목에 걸쳤어요. 자루 줄을 두 앞발로 잡고는 토끼가 잔뜩 사는 토끼굴로 들어갔어요. 자루에는 겨와 방가지똥을 넣어두었지요. 그러더니 마치 죽은 것처럼 완전히 뻗어 축 늘어진 채 아직 세상의 무서운 맛을 모르는 어린 토끼가 다가와 자루 안에 든 곡물을 뒤지길 기다렸어요.

고양이가 자리를 잡고 시간이 얼마 지나지도 않았는데 기대했던 걸 얻어냈어요. 조심성 없고 뭣도 모르는 어린 토끼가 고양이의 자루 안으로 폴짝 뛰어들었거든요. 고양이는 얼른 자루 끝을 잡아당기고 조금의 망설임도 없이 토끼를 죽였어요. 사냥감을 잡는 데 성공한 고양이는 당당한 발걸음으로 궁전으로 가서 여왕을 알현하기를 청했지요. 그리고 여왕이 있는 방으로 안내받았어요. 장화 신은 고양이는 여왕 앞에 정중히 고개를 숙이고 인사를 올렸어요.

"여왕님, 제가 토끼굴에서 토끼를 잡아 왔습니다. 카라바스의 후작님께서(고양이는 자신의 주인에게 이 직위를 부여하기로 했어요) 여왕님께 가져다드리라고 하셨습니다."

여왕이 답했어요. "네 주인에게 내가 고맙게 여기며 나에게 큰 기쁨을 주었다고 전하거라."

이번에 고양이는 자루를 벌려둔 채 옥수수 밭에 몸을 숨겼어요. 꿩 한 쌍이 지나가자 얼른 줄을 당겨 잡았어요. 그리고 저번에 토끼를 바쳤던 것처럼 꿩도 여왕에게 선물로 드렸어요. 여왕은 대단히 기뻐하며 꿩을 받았고 고양이에게 목을 축일 음료라도 사 마시라며 돈을 주었습니다.

이후로도 두세 달 동안 가끔 사냥으로 잡은 짐승들을 여왕에게 계속 선물로 주었어요. 그런데 어느 날, 고양이는 여왕이 세상에서 가장 아름답게 생겼다는 왕자를 데리고 바람을 쐬러 강변을 지나간다는 소식을 듣게 됐어요. 그래서 주인에게 이렇게 말했지요.

"주인님이 제 말대로만 한다면 큰 재산을 손에 쥐게 될 겁니다. 주인님은 강에 가서 몸을 씻기만 하세요. 어디로 갈지는 제가 보여드릴 테니, 나머지는 저에게 맡기세요."

막내딸은 영문도 모른 채 고양이가 시키는 대로 했습니다. 그때 고양이가 크게 소리치기 시작했어요.

"도와주세요! 도와주세요! 카라바스의 후작이 물에 빠지게 생겼어요."

지나가던 여왕이 이 소리를 듣고 마차 창문에서 머리를 내밀었어요. 그랬더니 여왕에게 좋은 사냥감을 여러 번 가져다준 그 장화 신은 고양이가 아니겠어요. 그래서 얼른 병사들에게 달려가 카라바스 후작을 도와주라고 명령했어요. 병사들이 후작을 강에서 끌어내고 있을 때 고양이는 마차로 달려가 이렇게 설명했어요. 후작이 몸을 씻고 있었는데 갑자기 악당 무리가 들이닥쳐 후작이 "도둑이야! 도둑이야!" 하고 크게 여러 번 외쳤는데도 옷을 훔쳐 갔다고요.

막내딸이 입고 있던 옷은 약삭빠른 고양이가 이미 커다란 바위 뒤에 숨겨두었지요. 여왕은 즉시 근위병에게 성으로 가서 자신의 옷장에서 카라바스의 후작이 입을 만한 최고로 좋은 드레스를 가져오라고 명령했어요.

여왕은 정중히 예의를 갖춰 후작을 대했어요. 번듯한 옷을 차려입으니 후작의 미모(막내딸은 원래 자태가 아름답고 대단히 잘생겼어요)가 더욱 돋보였거든요. 이를 보고 왕자는 남몰래 막내딸에게 호감을 느꼈어요. 후작도 왕자에게 품위 있으면서도 오묘한 애정의 눈길을 얼른 서너 번 보냈어요. 그러자 왕자는 정신없이 후작에게 빠져들었지요. 여왕은 후작에게 마차를 타고 같이 산책하자고 했어요. 고양이는 자신의 계획이 성공한 걸 보고 신이 나서 마차 앞에서 행진했어요.

길을 가다가 목초지에서 풀을 베는 시골 아낙들을 만났어요. 고양이가 이렇게 외쳤어요.

"풀을 베고 있는 시민들이여, 만약 여왕에게 지금 베고 있는 목초지가 카라바스 후작의 소유라고 말하지 않는다면, 여러분은 모두 단지에 들어간 허브처럼 잘게 조각날 것입니다."

아니나 다를까. 여왕은 시골 아낙들에게 베고 있는 목초지가 누구의 소유인지 물었어요.

"카라바스 후작의 소유입니다." 고양이의 협박에 겁을 먹은 아낙들이 한목소리로 대답했어요.

후작도 가만히 있지 않았어요. "여왕님, 이 목초지는 매년 어김없이 풍작을 내는 목초지랍니다."

여전히 당당하게 앞서 걷던 고양이는 옥수수를 수확하는 사람들을 만났어요.

"옥수수를 수확하고 있는 시민들이여, 만약 여왕에게 이 밭이 카라바스 후작의 소유라고 말하지 않는다면, 여러분은 모두 단지에 들어간 허브처럼 잘게 조각날 것입니다."

잠시 후, 옥수수 밭을 지나가던 여왕은 이 밭이 다 누구 건지 궁금해했어요.

"카라바스 후작의 소유입니다." 농부들이 대답했어요. 후작 뿐 아니라 여왕도 이 대답에 매우 흡족해했어요. 여왕은 좋은 밭을 갖고 있다며 후작을 축하해줬어요. 계속 앞서 걷던 고양이는 만나는 사람마다 똑같이 지시했어요. 여왕은 카라바스 후작의 토지가 이렇게나 넓다는 사실에 감탄했습니다.

고양이가 드디어 웅장한 성에 도착했어요. 그 거대한 성은 세상에서 가장 부자라고 알려진 여자 거인의 성이었어요. 여왕이 지금까지 본 땅은 전부 그 거인의 소유였어요. 거인이 누구이고 그녀가 어떤 능력을 갖췄는지 알아내기 위해 고양이는 거인의 하인들에게 거인과 이야기를 할 수 있게 해달라고 청했어요. 거인에게 존경을 표하는 영광을 누리지 않고는 도저히 성 근처를 지나갈 수 없다면서요.

거인은 거인치고는 최대한 점잖게 고양이를 맞으며 앉으라고 권했어요.

고양이가 입을 뗐어요. "거인님은 원하기만 하면 그 어떤 생명체로도 변신할 수 있다고 들었습니다. 예를 들면 사자나 코끼리 같은 동물로도 변신할 수 있다고요."

거인이 기세등등하게 대답했어요. "그 말은 사실이다. 자, 내가 지금 사자로 변신해볼 테니 보아라."

순식간에 눈앞에 우람한 사자가 등장했어요. 고양이는 겁에 질려 재빨리 하수구로 숨으려 했지만, 타일 위를 걷는 데는 전

혀 도움이 안 되는 장화 때문에 애를 먹었어요. 잠시 후, 거인이 다시 원래의 모습으로 돌아온 걸 보고 고양이는 하수구에서 나오며 정말 무서운 사자였다고 인정했어요.

"제가 이 말을 듣기는 들었는데요. 과연 믿어야 할지 모르겠습니다. 거인님이 아주 작은 동물로도 변신할 수 있다는데요. 생쥐 같은 거로요. 하지만 솔직히 말씀드리자면, 그건 좀 불가능하지 않을까요."

"불가능하다니!" 거인이 버럭

소리를 질렀어요. "그 말이 사실이라는 걸 즉시 보여주마."

거인은 그 말과 동시에 생쥐로 변신해 바닥을 돌아다니기 시작했어요. 고양이는 변신한 생쥐를 보자마자 냉큼 덮쳐 꿀꺽 먹어 치웠습니다.

그사이에 화려하기 그지없는 거인의 성을 지나가던 여왕은 성에 들어가고 싶어졌어요. 여왕의 마차가 다리를 건너오는 소리가 들리자 고양이는 얼른 뛰쳐나가 여왕을 맞았어요.

"여왕님, 카라바스 후작의 성에 오신 걸 환영합니다."

"뭐라고! 아니, 후작님, 이 성도 당신의 소유란 말입니까? 이보다 더 아름다운 정원과 이토록 웅장한 건물은 본 적이 없는 거 같아요. 우리가 들어가도 되겠습니까."

후작은 왕자에게 손을 내밀었어요. 그리고 먼저 들어간 여왕의 뒤를 따라 들어갔지요. 널찍한 연회장에는 눈이 휘둥그레질 정도로 화려한 음식이 차려져 있었어요. 거인이 그날 오기로 했던 친구들을 위해 준비해둔 거였지만 친구들은 여왕이 온 걸 보고 감히 들어오지 못했던 거예요. 여왕은 카라바스 후작의 고급스러운 수준에 홀라당 반했답니다. 그건 왕자도 마찬가지였어요. 막대한 재산을 소유한 후작에게 열정적인 사랑을 느꼈지요. 여왕은 와인을 대여섯 잔 마신 후 이렇게 말했어요.

"후작이여, 당신이 내 며느리가 되어준다면 그건 오로지 당신의 결정 덕분이겠소."

후작은 여러 번 고개를 숙여 인사한 후, 자신에게 찾아온 영광을 받아들이고 같은 날 왕자와 결혼식을 올렸습니다.

장화 신은 고양이는 귀부인이 되었고 다시는 생쥐를 쫓아다니지 않았답니다. 단, 심심할 때만 빼고요.

그레텔과 헨젤

Gretel and Hansel

아주 오랜 옛날, 커다란 숲 외곽에 가난한 나무꾼이 재혼한 남편과 두 아이를 데리고 살았답니다. 딸의 이름은 그레텔이었고 아들의 이름은 헨젤이었지요. 늘 넉넉지 않은 살림이었지만 한번은 지독한 기근을 맞았어요. 나무꾼은 아이들과 남편을 먹일 빵조차 마련할 수가 없었어요. 어느 날 밤, 온갖 근심과 걱정으로 침대에서 뒤척이다가 남편에게 물었어요.

"우리 이제 어떻게 살죠? 우리 먹을 것도 없으니 불쌍한 아이들은 어쩌면 좋아요?"

남편이 대답했어요. "이렇게 합시다. 내일 아침이 밝는 대로 아이들을 깊숙한 숲으로 데려가서 불을 지펴주고 빵을 한 조각씩 줍시다. 일하러 간다고 하고 거기에 두고 오는 거예요. 아마 집으로 오는 길을 찾을 수 없을 테니 애들을 그냥 버릴 수 있을 거요."

아내는 목이 메었어요. "여보, 그러면 안 되죠. 애들을 숲에 두고 오면 내 마음이 어떻겠어요? 금세 야생동물이 나타나서 애들을 갈기갈기 찢어버릴 텐데요."

남편이 한숨을 뱉었어요. "아휴! 당신도 참. 그러면 우리 넷 다 굶어 죽어야지 뭐. 관을 짤 널빤지나 대패질해두시구려." 이 런 식으로 남편이 들들 볶아대자 결국, 나무꾼 아내는 수긍하 고 말았어요.

"그래도 아이들이 너무 불쌍하다는 생각을 지울 수 없네요." 아내가 덧붙였어요.

그때 배가 고파서 잠을 자지 못한 건 아이들도 마찬가지였어 요. 계부가 어머니에게 한 말을 다 듣고 말았어요.

헨젤이 눈물을 뚝뚝 흘리며 누나 그레텔에게 말했어요. "이 제 어떻게 하지. 우린 끝났네."

그레텔이 헨젤을 쓰다듬었어요. "아니야, 헨젤. 그렇게 성급 하게 생각하지 마. 내가 방법을 찾아볼게. 걱정하지 마." 부모가 잠이 들자, 그레텔은 조용히 일어나 코트를 입고 뒷문으로 나갔어요.

휘영청 밝은 달이 비추자 집 앞에 놓인 흰 조약돌이 은처럼 반짝거렸어요. 그레텔은 허리를 굽혀 조약돌을 주울 수 있을 만큼 잔뜩 주워 주머니에 가득 넣었어요. 다시 집으로 들어가 헨젤에게 말했어요.

"안심해, 동생아. 어서 자. 하늘은 우릴 버리지 않으실 거야." 그리고 자신도 침대에 몸을 뉘었지요.

날이 밝고 해가 다 뜨기도 전에 계부가 와서 두 아이를 흔들어 깨웠어요.

"일어나라, 이 잠꾸러기들아. 숲에 나무를 하러 가야겠다." 계부는 아이들에게 빵을 조금 주었어요. "점심 전에 먹을 간식이다. 그 전에 먹지 마라. 가진 거라곤 이거밖에 없으

니까."

헨젤이 빵을 받아 앞주머니에 넣었어요. 그레텔의 주머니는 조약돌로 가득 찼으니까요. 그런 다음 다 함께 숲을 향해 길을 나섰습니다. 조금밖에 안 걸었는데 그레텔이 가만히 서서 뒤로 돌아 집을 바라봤어요. 이 행동을 계속해서 반복했지요.

이상하게 여긴 어머니가 물었어요. "그레텔, 거기서 뭘 보고 있는 거니? 왜 뒤처져 오는 거야? 조심해야지, 발 헛디딜라."

그레텔이 대답했어요. "아, 어머니, 지붕에 앉아 있는 제 흰 고양이를 보고 있었어요. 저에게 잘 가라고 손을 흔드네요."

그 말에 계부가 버럭 소리를 질렀어요. "이런 바보 같으니! 저 건 네 고양이가 아니라 아침 해가 굴뚝을 비춰 반짝이는 거다."

그레텔은 사실 고양이를 보고 있는 게 아니었어요. 주머니에 들어 있던 흰 조약돌을 길 위에 하나씩 떨어뜨리고 있던 거였어요.

숲 중앙에 도착하자 어머니가 입을 열었어요. "자, 얘들아. 가서 나뭇가지를 좀 주워오렴. 너희 몸을 좀 따뜻하게 하려면 불을 피워야 하니까."

그레텔과 헨젤은 열심히 땔감을 모아 거의 작은 동산 높이만

큼이나 잔뜩 쌓았어요. 땔감 나무에 불을 지피자 불꽃이 크게 일었지요.

계부가 말했어요. "이제 얘들아, 불 옆에 누워서 좀 쉬어라. 우리는 나무를 하러 숲에 갈 테니. 작업이 끝나면 데리러 오마."

그레텔과 헨젤은 불 근처에 앉아 있다가 정오가 되어 그 자그마한 빵을 먹었어요. 근처에서 도끼질하는 소리가 계속 들려와 어머니가 가까이 있다고 생각했거든요. 하지만 그건 도끼질 소리가 아니라 어머니가 고목에 묶어놓은 굵은 나뭇가지가 바람에 툭툭 부딪히는 소리였어요. 한참을 앉아 있던 남매는 피곤함에 눈이 절로 감겨 어느새 잠이 들었어요.

마침내 눈을 떴을 때 시커먼 어둠이 내려와 있었어요. 헨젤이 눈물을 하염없이 흘리기 시작했어요. "누나, 이제 어떻게 숲을 나가지?"

그레텔이 동생을 달랬어요. "좀 기다려봐. 달이 뜨면 분명히 길을 찾을 수 있을 테니까."

보름달이 둥실 떠오르자, 그레텔은 동생 손을 잡고 흰 조약돌을 따라 걷기 시작했어요. 조약돌이 빛을 받자 새 동전처럼 반짝거려 길을 찾을 수 있었지요. 둘은 밤새 걸었어요. 새벽이 되어서야 어머니의 집에 도착할 수 있었어요. 둘은 문을 두드렸습니다. 문을 벌컥 연 계부는 아이들을 보고 화들짝 놀랐어요.

"이놈들, 숲에서 그리 오래 자면 어떡하냐! 집에 안 오는 줄 알았잖아."

어머니는 펄쩍 뛰며 기뻐했어요. 아이들을 두고 왔다는 생각에 양심에 가책을 느껴 괴로웠거든요.

얼마 지나지 않아 또다시 큰 흉년이 찾아왔어요. 아이들은 계부가 안방에서 또 어머니에게 이렇게 말하는 걸 들었어요. "음식이란 음식은 이제 다 떨어졌소. 집에 남은 거라고는 빵 반 덩이뿐이오. 그거마저 먹고 나면 우린 완전 끝장이야. 애들을 버려야 해. 이번엔 더 깊은 숲으로 데려갑시다. 다시는 집을 찾아오지 못하게. 그거 외에는 우리가 살 방법이 도무지 없어요."

어머니는 가슴이 미어지는 거 같았어요. "그래도 빵 부스러기라도 아이들과 나눠 먹는 게 낫지 않겠어요?" 하지만 계부는 어머니의 말을 귓등으로도 듣지 않고 그저 어머니를 핍박하고 비난하기만 했어요. 한 번 양보한 일은 두 번도 할 수 있는 걸까요. 어머니는 이번에도 그러기로 수긍했습니다.

하지만 아이들은 이번에도 자지 않고 있다가 그 대화를 다

들었지요. 어머니와 계부가 잠들고 나자 그레텔이 조용히 일어
났어요. 저번처럼 밖으로 나가 조약돌을 주우려고 했는데 계부
가 문을 잠가버렸지 뭐예요. 그레텔은 집 밖으로 나갈 수가 없
었어요. 대신 동생을 이렇게 위로했어요. "헨젤, 울지 마. 일단
편히 자렴. 하늘이 분명 우리를 도와주실 거야."

이른 새벽, 계부가 와서 아이들을 깨웠어요. 아이들 손에 빵
조각을 쥐어줬지만, 이번 빵은 저번보다 더 작았어요. 숲으로
가는 길, 그레텔은 빵 조각을 주머니 안에서 부숴 드문드문 빵
부스러기를 땅에 떨어뜨렸어요.

"그레텔, 왜 그렇게 서서 두리번거리는 거니?" 어머니가 물
었습니다.

그레텔은 "제 새끼 비둘기를 보고 있었어요. 지붕에서 저에
게 인사를 하고 있잖아요"라고 했습니다.

그러자 계부가 혀를 찼어요. "멍청한 놈!
저건 네 비둘기가 아니라 아침 햇살 때문
에 굴뚝이 번쩍이는 거다." 하지만 그

그레텔과 헨젤

레텔은 오는 내내 빵 부스러기를 침착하게 뿌렸어요.

계부는 이제껏 한 번도 가지 않은 깊은 숲속까지 아이들을 데려갔어요. 그리고 커다랗게 불을 지핀 다음 이렇게 말했어요.

"얘들아, 앉아라. 있다가 피곤하면 눈을 좀 붙여도 된다. 우리는 나무를 하러 갈 테니까. 저녁에 일이 끝나면 데리러 오마."

정오가 되자 헨젤은 그레텔과 빵을 나눠 먹었어요. 그레텔의 빵은 오는 길에 다 뿌렸으니까요. 둘은 까무룩 잠이 들었어요. 밤이 저물었습니다. 하지만 이 가여운 아이들을 데리러 오는 사람은 아무도 없었지요. 둘은 칠흑같이 어두운 밤이 돼서야 깨어났어요.

그레텔이 동생을 안심시켰어요. "헨젤 기다려봐. 달이 뜨면 내가 길에 뿌려놓은 빵 부스러기가 보일 거야. 그러면 그걸 따라 집에 가면 돼."

달이 떠오르자 둘은 길을 나섰습니다. 하지만 빵 부스러기가 보이지 않았어요. 숲과 들판을 날아다니던 온갖 새들이 다 쪼아 먹어버렸거든요.

그레텔이 말했어요. "괜찮아. 그래도 길을 찾을 수 있을 거야." 하지만 아무리 돌아다녀도 왔던 길을 찾을 순 없었어요.

둘은 밤새 길을 헤맸습니다. 다음 날도 아침부터 밤까지 돌아다녔어요. 하지만 숲을 나가는 길은 보이지 않았어요. 배도 고파졌어요. 주변에서 찾은 산딸기 몇 개 외에는 아무것도 먹지 못했으니까요. 마침내 둘은 완전히 탈진해서 한 발자국도 움직이지 못하게 되어 나무 아래 쓰러져 잠이 들었어요.

집으로 돌아가는 길을 찾아다닌 지 3일째 되는 날 아침, 둘은 또다시 길을 헤맸고 더 깊은 숲까지 들어가게 되었어요. 이제 누군가가 도와주지 않는다면 목숨을 잃을 터였어요. 정오 즈음, 눈처럼 하얀 예쁜 새가 나뭇가지에 앉아 있었어요. 어찌나 아름답게 지저귀는지 남매는 걸음을 멈추고 새의 노랫소리에 귀를 기울였어요. 새는 한참 노래하더니 날개를 파닥이며 내려와 남매 앞으로 날아왔어요. 새를 따라가다 보니까 작은 오두막이 한 채 나타났어요. 새가 지붕 위에 앉았지요. 그레텔과 헨젤이 가까이 다가가서 보니 그 오두막은 다름 아닌 빵으로 지어졌고 지붕은 케이크로, 창문은 투명한 설탕으로 만들어진 집이었어요.

그레텔이 말했어요. "자, 우리 이거 먹어보자. 나는 지붕을 먹을 테니 헨젤, 너는 창문을 좀 먹어봐. 진짜 맛있을 거 같아." 그레텔은 지붕을 조금 뜯어 맛이 어떤지 먹어
보았어요. 헨젤은 여닫이 창문을 먹어봤어요. 그때
집 안에서 날카로운 목소리가 들렸어요.

"야금야금, 쥐새끼 같은 놈들. 누가 내 집을 야금
거리며 먹는 거야?"

둘은 깜짝 놀라 이렇게 말했어요. "바람이 부는
소리예요. 세찬 바람이 부는 소리예요." 그러고는
개의치 않고 계속 정신 팔린 듯 먹었어요. 지붕 케
이크에 완전히 맛을 들인 그레텔은 커다란 조각을
떼어냈고 헨젤은 동그란 창문 유리를 통째로 뜯어
내 아예 자리를 잡고 앉아 제대로 먹기 시작했어요.

그때 갑자기 문이 확 열리더니 늙은 남자가 지팡이를 짚고 절
름거리며 나왔어요. 그레텔과 헨젤은 어찌나 놀랐는지 손에 들
고 있던 빵을 후드득 떨어뜨렸어요. 노인이 고개를 저었어요.

"아이고! 얘들아, 어쩌다가 여기까지 왔냐? 어서 들어와라.
안 좋은 일이라도 일어나면 어쩌려고 그러니."

 노인은 두 아이의 손을 잡고 집 안으로 들어갔
어요. 우유와 설탕을 뿌린 팬케이크, 사과와 견

과류로 상다리가 휘어지도록 맛있는 저녁을 차려주었어요. 그레텔과 헨젤이 배불리 식사를 마치자 노인은 깔끔하고 예쁜 하얀색 침대를 준비해주었어요. 아이들이 누워보니, 마치 천국에 있는 거 같았어요.

노인은 다정해 보였지만 사실은 아이들을 잡아먹는 늙은 마법사였어요. 아이들을 꾀어내기 위해 빵으로 집을 만든 거였지요. 누구든 손아귀에 들어오면 목숨을 빼앗아 요리해서 먹어버리고 정기적으로 축하 만찬을 열었어요. 마법사는 눈이 붉은색이라 앞이 잘 안 보이지만, 야수처럼 후각이 굉장히 예민해서 인간이 지나가면 바로 알 수 있거든요. 그레텔과 헨젤이 술수에 걸려들자 그는 사악하게 웃으며 빈정거렸어요.

"드디어 아이들을 잡았구먼. 절대 도망가지 못할 거다."

다음 날 이른 시각, 마법사는 아이들이 깨기도 전에 먼저 일어나 여전히 곤히 잠들어 있는 아이들의 동그란 장밋빛 뺨을 보며 중얼거렸어요.

"고것 참 앙증맞고 맛있게 생겼네." 그리고는 앙상한 팔로 그레텔을 들고 자그마한 마구간으로 데려가 가뒀어요. 그레텔은 힘껏 비명을 질렀지만 그래봤자 아무런 소용이 없었어요. 그리고 노인은 헨젤이 깰 때까지 흔들며 소리를 질렀어요.

"일어나라, 이 게으른 것아. 네 누나가 마실 물을 떠 오고 음식을 만들란 말이다. 고놈 살이 통통히 쪄야 내가 잡아먹을수 있으니까." 헨젤은 무서워서 눈물을 펑펑 쏟았지만 뾰족한 수가 없었어요. 그저 사악한 마법사가 시키는 대로 해야 했어요.

가여운 그레텔을 위해 최고로 맛있는 식사가 차려졌습니다. 하지만 헨젤은 게딱지만 먹을 수 있었어요. 아침마다 마법사는 절름거리며 마구간으로 가서 소리쳤어요.

"그레텔, 손가락을 내봐라. 네가 살이 쪘나 좀 만져봐야겠다." 그때마다 그레텔은 뼛조각을 내밀었어요. 눈이 어두워 제대로 보지 못하는 마법사는 도대체 왜 그레텔이 빨리 살찌지 않는지 의아하기만 했어요.

4주가 지났지만 그레텔은 아직도 마른 상태였지요. 마법사는 인내심을 잃고 더는 기다리지 않기로 했어요.

"헨젤, 얼른 가서 물을 길어와라. 그레텔이 뚱뚱하든 말았든 내일 잡아먹어야겠다."

아! 가여운 동생 헨젤은 물을 길어가며 어찌나 눈물을 쏟았는지요. 두 뺨 위로 눈물이 쉴 새 없이 흘렀어요.

"하늘이시여, 우리를 도와주세요! 야생 짐승이 우리를 잡아 먹었더라면 적어도 함께 죽을 수 있었을 텐데."

이 말을 듣고 마법사가 말했어요. "그냥 얌전히나 있거라. 그래봤자 아무 소용도 없으니까."

이른 아침, 헨젤은 물이 가득 담긴 주전자를 걸고 불을 지폈어요. 마법사가 말했어요. "먼저 베이킹을 할 거다. 내가 이미 오븐을 데우고 밀가루 반죽을 해놨지." 불이 활활 타고 있는 오븐 쪽으로 헨젤을 밀었어요. "들어가. 가서 불이 잘 타는지 보란 말이다. 그래야 내가 빵을 넣을 거 아니냐." 마법사는 헨젤이 오븐에 들어가면 문을 닫아 소년도 구워 먹을 작정이었어요.

하지만 헨젤은 마법사의 의도를 눈치 채고 이렇게 말했지요. "어떻게 하란 말인지 모르겠어요. 어떻게 들어가란 거예요?"

"이 멍청한 놈! 오븐 입구가 얼마나 넓으냐. 봐라. 나도 들어 갈 수 있지 않느냐." 그러면서 마법사가 오븐으로 몸을 숙여 머리를 넣었어요. 그 순간 헨젤은 마법사를 힘껏 밀쳐 오븐 안에 넣고 철문을 닫고 빗장을 잠가버렸어요. 맙소사! 마법사의 비명소리는 정말이지 끔찍했어요. 그렇게 사악한 마법사는 비참한 죽음을 맞았습니다.

헨젤은 곧장 그레텔에게 달려가 마구간 문을 열며 크게 외쳤어요.

"누나, 우린 이제 자유야. 마법사가 죽었어." 문이 열리자 그레텔은 새장에서 탈출한 새처럼 튀어나왔어요. 둘은 너무 기뻐서 서로 목을 껴안고 방방 뛰며 서로에게 입을 맞췄어요! 이제 무서울 게 없어진 둘은 마법사의 집으로 들어갔어요. 그런데 방 구석마다 진주와 보석으로 가득 찬 상자가 있는 게 아니겠어요.

그레텔이 보물을 주머니 가득 쑤셔 넣으며 말했어요. "이건 조약돌보다 훨씬 더 좋아 보이는데."

"나도 집에 가져가야지." 헨젤도 앞주머니에 가득 넣었지요.

그레텔이 제안했어요. "자, 이제 이 마법사의 숲에서 멀리 벗어나자."

그레텔과 헨젤

몇 시간 동안 걸으니 커다란 호수가 나타났어요. 그레텔이 호수를 살펴봤어요. "호수를 건널 수 없을 거 같은데. 다리 같은 것도 없잖아."

헨젤이 맞장구를 쳤어요. "그렇네. 배도 하나도 안 보여. 어, 그런데 저기 봐. 흰 수컷 오리가 헤엄치고 있네. 호수 건너는 걸 도와줄 수 있는지 물어볼게." 헨젤이 오리에게 외쳤어요. "여기 아이들이 두 명 있어요. 다리도 없고 배도 없어서 무척 곤란하답니다. 우리를 당신의 하얀 등에 태워주세요. 우리가 호수를 건너게 해주세요. 꽥, 꽥!"

그러자 수컷 오리가 다가왔어요. 그레텔이 등에 올라탄 다음 동생에게 옆에 타라고 했어요.

헨젤은 이렇게 대답했지요. "아니야, 둘은 무거울 거야. 한 번에 한 명씩 타자."

착한 오리 덕분에 남매는 모두 안전하게 호수를 건널 수 있었어요. 한참을 걸었더니 점점 익숙한 풍경이 나타났어요. 드디어 저 멀리에 어머니의 집이 보였어요. 둘은 재빨리 뛰어갔어요. 집으로 들어가 어머니를 보고 와락 목을 껴안았어요. 어머니는 아이들을 숲에 놓고 온 이후 단 한순간도 마음이 편하

지 않았답니다. 계부는 이미 죽은 후였어요. 헨젤이 앞주머니
를 흔들어 진주와 보석을 바닥에 쏟아냈어요. 그레텔도 양쪽
주머니에서 한주먹씩 꺼내 들었지요. 덕분에 세 식구는 풍족하
고 행복하게 살았답니다.

재클린과 콩나무

Jacqueline and the Beanstalk

먼 옛날, 어느 가난한 홀아버지가 외동딸인 재클린과 함께 작은 오두막집에 살고 있었어요.

재클린은 까불거리고 철이 없었지만, 마음씨만은 아주 따듯하고 정이 많은 소녀였어요. 유난히 매서웠던 겨울이 지나자 아버지는 심한 병으로 오랫동안 고생했어요. 재클린은 아직 일할 나이가 아니라 부녀의 형편은 점점 어려워졌어요. 결국 아버지는 집에 있는 소를 팔지 않고는 재클린과 자신이 굶어 죽게 될 거라는 결론을 내렸지요. 며칠 뒤, 딸에게 이렇게 말했어요.

"내가 길을 나서기엔 몸 상태가 성치 않구나. 재클린, 그러니 네가 시장에 가서 소를 팔아야겠다."

　재클린은 시장에 가서 얼른 소를 팔고 싶었어요. 그런데 가는 길에 푸줏간 주인을 만나게 되었어요. 그녀의 손에 예쁜 콩이 한 줌 들려 있었어요. 재클린이 자세히 보려고 걸음을 멈추자 주인은 대단히 비싼 콩이라며 이 어리석은 소녀를 꼬드겨 소와 바꾸자고 했어요.

아버지는 듬직했던 소를 팔아 돈을 받아오는 대신 콩을 들고 온 재클린에게 화를 머리끝까지 내더니 눈물을 철철 흘리면서 어리석다고 혼을 냈어요. 재클린은 무척 우울해졌지요. 두 사람은 그날 밤 슬픔에 푹 젖은 채 잠자리에 들었어요. 마지막 희망이 사라졌으니까요.

새벽이 되자 재클린은 정원으로 나갔어요.

"그래도 이 멋진 콩들을 심긴 심어야지. 아버지는 평범한 붉은강낭콩이라고 하셨지만 그래도 심어봐야 아는 거니까."

그래서 재클린은 막대 하나를 가져와 땅에 구멍을 파고 콩을 조르륵 넣었어요.

그날 둘은 간에 기별도 안 갈 정도로 저녁을 먹고는 비통한 마음으로 침대에 누웠어요. 내일이면 음식이 아예 바닥날 걸 알았거든요. 재클린은 슬프기도 하고 화도 나서 잠을 이룰 수 없었어요. 그래서 동이 틀 무렵 일어나서 정원으로 나가보았지요.

재클린은 깜짝 놀랐어요. 밤새 콩이 엄청나게 자라 있었거든요. 어찌나 높이 자랐는지 오두막집을 덮고도 더 높이 올라가 끝이 보이지 않았어요! 콩나무 줄기가 서로 엮이고 엮여 꽤 단단한 사다리가 되어 있었어요.

'이거 쉽게 올라갈 수 있겠는데.'

재클린은 즉시 실행하기로 마음먹었어요. 높은 데 오르기 선수였거든요. 하지만 혼자서 소를 잘못 팔았던 일이 떠올라 우선 아버지에게 물어보기로 했어요.

재클린이 부르는 소리에 밖으로 나온 아버지는 콩나무 줄기를 보고 너무 경이로워 한동안 그저 멍하니 바라보기만 했어요. 높이도 높이지만 줄기가 재클린의 몸무게를 버티고도 남을 정도로 두꺼웠거든요.

"콩 줄기가 어디까지 자랐는지 궁금해요. 올라가서 봐야겠어요." 재클린이 말했어요.

아버지는 재클린이 이 기묘한 사다리를 탐험하지 않았으면 했지만, 재클린의 회유에 마음이 흔들렸어요. 재클린은 콩나무 줄기 위에 무언가 엄청난 게 있다고 확신했거든요. 결국 아버지는 딸의 요구를 들어주었어요.

재클린은 곧장 오르기 시작했어요. 사다리 같은 콩나무 줄기를 계속 오르다 보니 그녀 발아래 있는 오두막집, 마을, 심지어 높다란 교회 타워마저 아주 작게 보였어요. 그런데도 줄기의 끝은 보이지 않았지요.

좀 지쳐서 다시 내려갈까 잠시 고민했지만, 재클린은 끈질긴 구석이 있는 소녀였어요. 뭐든 성공하려면 절대 포기하지 말아야 한다는 것도 알고 있었어요. 그래서 잠시 숨을 돌린 다음 계속 발을 내디뎠어요.

어지러울까 무서워서 내려다보지도 못할 정도로 높이 올라가자 드디어 콩나무 줄기 끝에 다다랐어요. 주변을 둘러보니

아름다운 전원 풍경이 펼쳐졌어요. 나무가 울창
했고 드넓게 펼쳐진 목초지에서 양이 풀을 뜯고
있었어요. 수정처럼 맑은 개울물이 목초지를 지
나 졸졸 흘렀지요. 콩나무 줄기에서 내려오니
멀지 않은 곳에 튼튼해 보이는 으리으리한 성이
한 채 서 있었어요.

　재클린은 어째서 지금까지 이렇게 커다란 성이 있다는 걸 들
어본 적도, 눈으로 본 적도 없는지 정말 의아했어요. 이런 생각
에 빠져 있다가 문득 여기서부터는 다른 땅이라는 듯 마을 경
계에 커다란 직각의 바위가 서 있는 걸 보았어요.

　재클린이 성을 살피고 있는데 갑자기 아주 이상하게 생긴 남
자가 숲에서 나왔어요.

　그는 흰 담비 털을 두르고 붉은 새틴으로 누빈 뾰족한 모자를
쓰고 있었지요. 머리카락은 어깨까지 구불구불 흘러내렸고 지
팡이를 짚고 있었어요. 재클린이 모자를 벗고 인사했어요.

　"안녕하세요. 혹시 이 성의 주인이신가요?"

　나이가 지긋한 그 신사가 대답했어요. "아니란다. 내 말을 잘
들어보렴. 저 성에 얽힌 이야기를 해주마." 그리고 이야기를 시

작했어요.

"옛날 옛적에, 요정 나라의 경계선에 있는 저 성에 귀부인이 한 명 살고 있었단다. 잘생기고 멋진 귀족 남편에 사랑스러운 아이들도 대여섯 있었지. 이웃에는 몸집이 작은 사람들이 살고 있었는데 귀부인에게 아주 친절하게 대했어. 화려하고 값진 선물도 많이 주었지.

이 선물을 둘러싸고 소문이 돌았단다. 그리 멀지 않은 곳에 끔찍한 여자 거인이 살고 있었어. 아주 사악하기로 유명했지. 소문을 들은 거인은 그들이 가진 보물을 빼앗겠다고 작정했어.

그래서 가짜 하인을 구해다가 귀부인의 성에 몰래 들여보내 침대에서 곤히 자고 있던 귀부인을 죽여버렸단다. 게다가 아이들 방으로 가서 거기에 있던 가여운 아이들도 전부 죽였어.

다행히도 남편은 성에 없었단다. 태어난 지 겨우 두세 달 된 딸을 데리고 계곡 근처에 살고 있던 유모 집에 갔었거든. 그런데 마침 폭풍이 닥쳐 밤새 거기에 발이 묶여 있었던 거야.

다음 날 아침, 날이 밝자마자

성에서 겨우 빠져나온 하인이 유모 집으로 가서 남편에게 그의 아내와 귀여운 아이들에게 일어난 슬픈 운명을 얘기해줬단다. 남편은 처음에는 하인의 말을 도저히 믿을 수 없었지. 얼른 성으로 돌아가 사랑하는 이들에게 닥친 운명에 동참하려고 했어. 하지만 그 늙은 유모가 눈물을 펑펑 쏟으며 아기가 아직 하나 남아 있는 걸 기억해달라고 했어. 죄 없는 아기를 위해서라도 부디 목숨을 부지해야 하는 게 그의 의무라고 애원하면서.

　남편은 유모의 말에 수긍할 수밖에 없었고 숨기엔 최적의 장소였던 유모의 집에 남아 있기로 했지. 살아남은 하인이 여자 거인이 남편을 찾아낸다면 그는 물론 아기까지 모두 죽일 거라고 했거든. 세월이 흘러 늙은 유모는 하늘나라로 가면서 오두막집과 가구 몇 점을 그 가여운 남자에게 물려주었어. 남자는 입에 풀칠하기 위해 소작농으로 일하며 그 집에 살았어. 유모가 갖고 있던 약간의 돈으로 사들인 물레와 젖소로 어린 딸과 먹고살 수는 있었어. 둘은 오두막에 딸린 아담한 정원에 콩도 심고 양배추도 심었어. 아버지는 어린 딸을 위해서라면 수확 철에 밭에 나가 이삭을 줍는 것도 부끄러워하지 않았지.

　재클린, 그 가여운 남자가 바로 너의 아버지란다. 이 성은 한

때 네 어머니의 것이었어. 그러니 이제 다시 네가 되찾아야 해."

까무러치게 놀란 재클린의 입에서 비명이 흘러나왔어요.

"네? 제 아버지라고요! 세상에, 제가 어떻게 해야 하죠? 가여운 어머니! 불쌍한 내 아버지!"

"아버지를 위해 성을 되찾는 게 네 의무다. 하지만 그건 대단히 어렵고 위험천만한 일이지. 재클린, 이 일을 해낼 수 있겠니?"

"옳은 일을 하는 거니 두렵지 않습니다." 재클린이 굳세게 대답했습니다.

붉은 모자를 쓴 신사가 말했어요. "그렇다면 네가 거인을 해치울 적임자다. 성으로 들어가 황금알을 낳는 수탉과 말하는 하프를 가지고 오렴. 잊지 말아라. 여자 거인이 가진 모든 소유물은 사실 다 너의 것이야." 신사는 말을 마치고 홀연히 사라졌어요. 재클린은 그가 요정이라는 걸 이미 알고 있었지요.

재클린은 당장 모험에 나서기로 했어요. 그래서 발걸음을 옮겨 성 정문에 걸려 있던 뿔나팔을 뿌우 하고 불었어요. 잠시 후, 이마 가운데 커다란 눈이 하나 박힌 무시무시한 남자 거인이 문을 열었어요.

재클린은 그를 본 순간 바로 몸을 돌렸지만, 남자 거인은 재클린을 홱 낚아채 성으로 끌고 들어갔어요.

"하, 하!" 남자 거인이 끔찍한 목소리로 웃었어요. "내가 나올 줄은 꿈에도 몰랐던 거로구먼! 절대로 놔주지 않겠다. 내가 사는 게 아주 지긋지긋하거든. 할 일이 산더미야. 다른 귀족처럼 나도 하녀가 있으면 안 될 이유가 뭐란 말이냐. 네가 내 하녀 노릇을 하거라. 내 아내가 나가면 칼을 갈고 구두를 닦고 불을 피우고 열심히 나를 도와라. 여자 거인이 집에 오면 내가 널 숨겨주마. 지금까지 그 여자가 내 하녀란 하녀는 모조리 잡아먹어버렸으니까. 넌 아주 앙증맞은 간식거리가 될 거야, 꼬마 숙녀."

거인은 이렇게 말하면서 재클린을 성으로 질질 끌고 갔어요. 가여운 재클린은 완전히 겁에 질렸지요. 우리가 재클린의 상황에 놓였다면 분명 우리도 그랬을 거예요. 하지만 재클린은 내가 이렇게 겁을 먹다니, 여자로서 망신도 그런 망신이 없다고 생각했어요. 그래서 남은 힘을 쥐어짜 용기를 내어 이 사태를 어떻게 해결할지 머리를 굴렸어요.

"거인님, 저는 당신을 도울 만반의 준비가 되어 있습니다. 뭐든 돕겠습니다. 다만 여자 거인에게서 제발 저를 숨겨주세요.

정말로 잡아먹히고 싶진 않거든요."

"말귀를 잘 알아듣는 소녀구면." 거인이 고
개를 주억거렸어요. "나를 보고 비명을 질러
대지 않은 게 다행인 줄 알아라. 여기에 왔던
다른 여자애들은 그랬으니까. 만일 너도 그
랬다면 아내가 일어나서 너를 꿀꺽 삼켜버렸
을 거야. 전에도 여자애들을 아침밥으로 먹
었으니 말이다. 자, 이리 와라. 내 옷장으로
들어가. 아내가 이건 절대 열지 않거든. 여기
있으면 안전할 거다."

거인은 커다란 복도에 서 있는 거대한 옷
장 안에 재클린을 들어가게 한 다음 닫았어
요. 하지만 열쇠 구멍이 엄청나게 커서 공기
가 잘 통했고 무슨 일이 일어나는지 전부 지
켜볼 수 있었어요. 이내 커다란 대포가 쾅 쾅
느리게 터지는 듯한 육중한 발걸음 소리가
계단 쪽에서 들려왔어요. 천둥 같은 목소리
도 들렸죠.

"페, 파, 피포품, 영국 여자 냄새가 나는데. 살려줄까, 죽여줄까. 뼈를 갈아 빵을 만들어 먹어야겠다. 남편!" 여자 거인이 외쳤어요. "성에 여자가 들어왔어. 걔를 아침으로 먹어야겠어."

"나이가 들더니 머리가 어떻게 된 거 아냐." 남자 거인이 고함쳤어요. "내가 당신을 위해 잡은 코끼리를 구운 냄새일 뿐이라고. 자, 앉아서 아침 식사나 맛있게 하시지."

남자 거인은 아내 앞에 김이 모락모락 나고 육즙이 줄줄 흐르는 코끼리 고기가 담긴 거대한 접시를 내려놓았어요. 여자 거인은 신이 나서 영국 여자가 성 안에 있다는 건 새까맣게 잊었지요. 아침을 다 먹고는 산책하러 나갔어요. 그러자 남편 거인이 옷장 문을 열어 재클린을 나오게 한 다음 집안일을 돕게 했어요. 재클린은 온종일 일을 했지요. 남자 거인은 재클린에게 맛있는 음식을 주었고 저녁이 되자 다시 옷장에 넣었답니다.

여자 거인이 저녁을 먹으러 왔어요. 재클린은 열쇠 구멍 사이로 지켜보다가 여자 거인이 늑대 뼈를 발라내고 커다란 입으로 한입에 칠면조의 반을 삼키는 걸 보고 놀라움을 감추지 못했어요.

저녁 식사를 마치자 여자 거인은 남편에게 황금알을 낳는 수

닭을 가져오라고 명령했어요.

"그 보잘것없던 귀부인에게 있을 때랑 똑같이 알을 잘 낳는구면. 오히려 알이 점점 더 묵직해지는 거 같아."

남자 거인은 아내의 말대로 부엌을 나가서 작은 갈색 수탉을 안고 돌아와 아내 앞에 올려놓았어요. "자, 이제 내가 필요 없으면 산책을 좀 하러 나가겠소."

"가세요. 이제 난 기분 좋게 낮잠 자려고 하니까."

여자 거인은 갈색 수탉을 들어 올리더니 이렇게 말했어요.

"낳아라!" 그러자 순식간에 수탉이 황금알을 낳았어요.

"낳아라!" 여자 거인이 또 외쳤어요. 그랬더니 또 알을 낳았어요.

"낳아라!" 세 번째 반복했어요. 역시 수탉은 황금알을 식탁 위에 낳았지요.

이 장면을 지켜본 재클린은 요정이 말했던 수탉이 저 닭임을 확신할 수 있었어요.

잠시 후, 여자 거인이 수탉을 바닥에 내려놓더니 이내 잠들었는데 코를 어찌나 크게 고는지 드르렁 하고 천둥이 치는 거 같았어요.

재클린은 여자 거인이 잠든 걸 보고는 옷장 문을 밀고 기어 나왔어요. 수탉을 들고 살금살금 걸으며 얼른 방을 나왔어요. 재클린은 부엌으로 가는 길을 알았어요. 마침 문이 빼꼼 열려 있어서 그 길로 집을 나간 뒤 문을 닫고 잠갔어요. 그리고는 콩나무로 날아가듯 달려가 최대한 빨리 발을 놀려 내려갔습니다.

아버지는 재클린이 집에 들어오는 걸 보고 반가움에 눈물을 흘렸어요. 요정들이 재클린을 납치해 갔거나 여자 거인이 기어코 찾아냈을까봐 걱정하고 있었거든요. 하지만 재클린은 아버지 앞에 턱 하니 갈색 수탉을 내려놓았어요. 그리고 여자 거인의 성에 어떻게 갔는지, 어떤 일을 겪었는지 전부 말해주었어요. 아버지는 수탉을 보고 무척 기뻐했어요. 다시 부자가 될 수 있을 테니까요.

얼마 후, 재클린은 아버지가 시장에 간 사이 다시 여자 거인의 성으로 가기 위해 콩나무를 오르기로 했습니다. 그 전에 머리카락을 염색하고 다른 사람인 것처럼 변장도 했지요. 남자 거인은 재클린을 알아보지 못했고 전에 그랬던 것처럼 집안일을 도와달라면서 재클린을 성으로 끌

고 들어갔어요. 그리고 여자 거인이 오는 소리가 들리자 냉큼 재클린을 옷장에 숨겼어요. 재클린이 얼마 전 수탉을 훔친 바로 그 소녀라는 건 짐작조차 하지 못했어요. 남자 거인은 재클린에게 꼼짝도 하지 말라고 명령하면서 떠들면 여자 거인이 잡아먹을 거라고 경고했어요.

여자 거인의 목소리가 들려왔어요.

"페, 파, 피포품, 영국 여자 냄새가 나는데. 살려줄까, 죽여줄까. 뼈를 갈아 빵을 만들어 먹어야겠다."

남자 거인이 외쳤어요. "말도 안 되는 소리! 당신 저녁 먹으라고 내가 구운 수송아지 냄새일 뿐이라고. 앉아봐. 내가 얼른 가져올 테니."

여자 거인이 식탁에 앉자 남편은 커다란 접시에 수송아지 고기를 가져왔어요. 둘은 맛있게 저녁을 먹기 시작했지요. 재클린은 거인들이 마치 종달새를 먹듯 수송아지의 뼈를 발라내는 걸 보고 입을 다물지 못했어요. 음식을 다 먹자마자 남자 거인이 일어나 이렇게 말했어요.

"자, 아내여, 당신이 허락한다면 이제 내 방에 올라가 읽고 있던 책을 마저 읽으려 하오. 내가 필요하면 부르시오."

여자 거인이 말했어요. "먼저, 내 돈 가방을 가져와. 자기 전에 황금 동전을 세보려고 하니까."

남자 거인은 방을 나가더니 커다란 자루 두 개를 어깨에 메고 돌아와 아내 앞에 내려놓았어요. "자, 그 귀부인의 돈은 남은 게 이게 전부요. 다 쓰면 또 다른 귀부인의 성을 쳐야 한다고."

'그건 안 될 일이지. 내가 가만 있을 줄 알고?' 재클린은 속으로 중얼거렸어요.

남자 거인이 나가자 여자 거인은 자루에서 황금 동전을 식탁 위로 와르르 쏟아냈어요. 산처럼 높이 쌓이자 신나게 동전을 세기 시작했지요. 한참을 세고 나서야 동전을 쓸어 다시 자루에 담았어요. 이내 의자에 기대더니 깊이 잠들어 코를 고는데 어찌나 소리가 우렁찬지 다른 소리는 하나도 들리지 않았어요.

재클린은 조용히 옷장을 나와 동전 자루를 들고 (여자 거인이 어머니에게 훔친 거니 재클린 소유가 맞지요) 밖으로 달려 나갔어요. 그리고는 콩나무를 낑낑거리며 힘들게 내려가 아버지가 앉아 있던 식탁 위로 자루를 툭 올려놓았지요. 조금 전 마을로 돌아온 아버지는 재클린이 또 보이지 않자 걱정되는 마음에 눈물을 흘리고 있었어요.

"아버지, 자요. 어머니가 잃었던 황금 동전을 가져왔어요."

"오, 재클린! 넌 정말 대단한 아이구나. 하지만 여자 거인의 성으로 가서 네 귀중한 목숨을 내거는 일은 두 번 다시 하지 말아라. 거기에 어떻게 갔는지 다시 말해다오."

그래서 재클린은 아버지에게 모두 이야기해줬어요.

재클린의 아버지는 돈을 되찾은 게 무척 기쁘긴 했지만, 재클린이 자신을 위해 그런 위험한 짓은 다신 하지 않았으면 했어요.

하지만 시간이 좀 흐르자 재클린은 다시 여자 거인의 성에 가기로 마음먹었습니다.

재클린은 콩나무를 힘차게 올라 여자 거인의 성문 앞에서 뿔나팔을 불었어요. 남자 거인이 문을 열었습니다. 머리가 몹시 나쁜 남자 거인은 재클린을 여전히 알아보지 못했어요. 하지만 재클린을 성으로 끌고 가기 전 잠시 망설였어요. 또 도둑질을 당할까 걱정됐거든요. 하지만 재클린의 생기 어린 얼굴이 어찌나 순진무구해 보이던지 들이지 않을 수 없었어요. 그래서 남자 거인은 재클린에게 들어오라고 명령하고 옷장에 숨겼어요.

머지않아 여자 거인이 집에 왔고 문지방을 넘자마자 우렁차

게 외쳤어요.

"페, 파, 피포품, 영국 여자 냄새가 나는데. 살려줄까, 죽여줄까. 뼈를 갈아 빵을 만들어 먹어야겠다."

남편이 말했어요. "이거, 한심한 사람아. 내가 저녁으로 구운 두툼한 양고기 냄새라고."

여자 거인이 식탁에 앉자 남편이 통째로 구운 양을 가져왔어요. 음식을 다 먹은 여자 거인이 명령했어요.

"자, 가서 내 하프를 가져와. 당신이 산책하러 나가는 동안 음악을 좀 들어야겠어."

남자 거인이 아름다운 하프를 가지고 돌아왔어요. 하프는 다이아몬드와 루비로 장식되어 번쩍번쩍했고 하프 줄은 전부 황금이었어요.

여자 거인이 중얼거렸어요. "이게 그 귀부인에게 뺏은 것 중 가장 좋은 물건이지. 나는 음악을 좋아하니까. 흐흐흐. 하프는 나의 충실한 하인이야."

그리고 하프에 가까이 대고 말했어요.

"연주해라!"

그러자 하프가 아주 감미롭고도 슬픈 곡조의 곡을 연주하기 시작했어요.

"좀 더 즐거운 곡을 연주해봐!"

그러자 하프는 밝은 곡을 연주했어요.

"자, 이제 자장가를 연주해다오." 쩌렁쩌렁 울리는 목소리로 외치자 하프는 잔잔한 자장가를 연주하기 시작했어요. 그러자 여자 거인은 스르륵 잠이 들었지요.

재클린은 옷장에서 살금살금 빠져나와 커다란 부엌으로 가서 남자 거인이 오는지 확인했어요. 아무도 보이지 않자 재클린은 성문을 미리 살짝 열어두었어요. 하프를 안고 가면 문을 열 수 없을 거 같았거든요.

그런 다음 여자 거인의 방으로 들어가 하프를 들고 달리기 시작했어요. 그런데 재클린이 문지방을 넘는 순간, 갑자기 하프가 이렇게 외치는 거예요.

"주인님! 주인님!"

그 소리에 여자 거인이 깨어났어요.

거인은 엄청난 고함소리와 함께 의자에서 벌떡 일어나더니 두 걸음 만에 문 앞에 왔어요.

하지만 재클린은 매우 날쌨지요. 하프가 요정이란 걸 눈치

재클린과 콩나무

채고 있던 재클린은 하프를 들고 전광석화처럼 빠르게 달리며 말했어요. 자신이 이전 주인인 귀부인의 딸이라고요.

계속해서 맹렬한 속도로 따라오던 여자 거인은 재클린에게 거의 닿을 듯 바짝 쫓아와 커다란 손을 쭉 뻗었어요. 바로 그 순간, 굴러다니던 돌에 발을 헛디뎌 쾅 하고 넘어져 완전 대자로 뻗었답니다.

콩나무 줄기 내려갈 시간을 번 재클린은 잽싸게 움직였어요. 하지만 집 정원에 막 도착해서 위를 올려다보니 여자 거인이 뒤달려 내려오고 있는 게 아니겠어요.

"아버지! 아버지!" 재클린이 소리 질렀어요. "빨리 도끼 가져오세요."

아버지가 허겁지겁 도끼를 가져와 재클린에게 주었어요. 재클린은 어마어마한 힘으로 도끼를 휘둘러 콩나무 줄기를 하나만 빼고 모두 잘랐어요.

"아버지, 이제 비키세요!"

재클린의 아버지는 화들짝 놀라 뒷걸음질 쳤습니다. 정말 다행이었어요. 여자 거인이 하나 남은 콩나무 줄기를 움켜쥐는 순간, 재클린이 줄기를 콱 자르고 얼른 비켜섰거든요.

여자 거인은 우레와 같은 소리를 내며 머리부터 땅으로 떨어져 목이 부러지고 말았습니다. 자신이 끔찍한 상처를 안겼던 재클린의 아버지 발 앞에 시체가 되어 눕게 되었지요.

재클린과 아버지가 너무 놀라 두근거리는 심장을 가라앉히기도 전에 갑자기 아름다운 신사가 그 둘 앞에 나타났어요.

"재클린, 너는 용감했던 귀부인의 딸답게 행동했다. 유산을 물려받을 만한 자격이 있어. 무덤을 파서 여자 거인을 묻어주고 다시 성에 가서 남자 거인의 목숨도 거두거라."

"하지만 반드시 싸워야 하는 상대가 아닌 이상 누군가를 죽일 수는 없어요. 게다가 남자 거인에게 칼을 휘두를 순 없지요. 남자 거인은 저에게 친절하게 대해줬어요."

요정 신사는 재클린을 보고 가만히 웃었습니다.

"너의 고운 마음씨를 보니 정말 기쁘구나. 하지만 성으로 돌아가 해야 할 일을 하거라."

재클린은 요정 신사에게 콩나무가 무너졌으니 성으로 가는 다른 길을 알려줄 수 있냐고 물었어요. 그는 공작새 두 마리가 끄는 마차로 데려다주겠다고 했어요. 재클린은 감사하다고 한 다음 요정 신사와 함께 마차에 올랐습니다.

마차는 한참을 달려 언덕 끝에 있는 한 마을에 도착했어요. 그곳에는 핼쑥한 얼굴의 여인들이 모여 있었어요. 요정 신사가 마차를 세우고 이렇게 말했어요.

"나의 친구들이여, 주민과 가축을 모조리 잡아먹던 그 잔혹한 여자 거인이 드디어 죽었습니다. 이 소녀가 그 일을 해낸 장본인입니다. 바로 여러분의 친절한 주인이었던 귀부인의 딸이지요."

이 말을 들은 여자들은 일제히 환호하며 앞다투어 나와 어머니를 섬겼듯 이제부터 재클린을 충실히 섬기겠다고 했어요. 요정 신사는 여자들에게 함께 성으로 가자고 했어요. 여자들은 똘똘 뭉쳐 행진했지요. 재클린이 성 앞에 서서 뿔나팔을 불며 문을 열라고 외쳤어요.

남자 거인은 탑의 구멍으로 그들이 오는 걸 보았어요. 아내에게 무슨 일이 일어났음을 직감한 그는 잔뜩 겁을 먹고 허겁지겁 계단을 내려갔어요. 그러다가 그만 바짓단에 발이 걸려 계단 꼭대기에서부터 바닥까지 데굴데굴 굴러 목이 부러지고 말았답니다.

성 밖에 있던 사람들은 문이 열리지 않자 쇠 지렛대를 이용해 문을 억지로 열었어요. 하지만 성을 샅샅이 둘러봐도 인기

척을 느낄 수 없었어요. 그래서 그냥 성을 나가려다가 계단 밑에 있던 남자 거인의 시체를 발견했어요.

재클린은 성에 있던 모든 물건을 챙겼습니다. 요정 신사는 재클린의 집에서 아버지와 함께 황금알을 낳는 수탉과 하프를 가져왔어요. 재클린은 남자 거인의 시체를 묻어주고 여자 거인이 훔쳤던 물건들을 사람들에게 공평하게 나눠주었습니다.

신사는 요정 나라로 돌아가기 전 자신이 푸줏간 주인에게 신비한 콩을 주며 재클린을 만나보라고 했다고 털어놓았어요. 재클린이 어떤 소녀인지 알아보기 위해서 그랬다고요.

"커다란 콩나무를 그저 한심하게 쳐다보고만 있었다면 나는 그냥 네가 가난하게 살도록 내버려둘 작정이었단다. 그저 너의 아버지에게 소만 돌려줄 계획이었지. 하지만 너는 호기심을 보이며 용감하고 담대하게 행동했어. 그러니 상을 받을 자격이 있지. 콩나무 줄기를 오른 것은 행운의 사다리를 오른 거나 마찬가지였다."

그런 다음 요정 신사는 재클린과 아버지에게 작별을 고하고 길을 떠났답니다.

신더와
유리구두

Cinder, or
the Little Glass Slipper

옛날, 한 여자가 두 번째 남편을 맞게 되었습니다. 그런데 그는 세상에서 가장 오만하고 무례한 사람이었어요. 그에게는 전처와 낳은 아들이 두 명 있었습니다. 두 아들은 아버지가 우스갯소리로 말하는 것처럼 아버지와 완전 판박이였어요. 재혼한 여자에게도 전남편과 낳은 어린 아들이 있었어요. 하지만 세상에서 최고로 선했던 전남편을 쏙 닮아 누구와 비교할 수 없이 착하고 다정했지요.

재혼한 새아버지는 결혼식이 끝나자마자 본성을 드러내기 시작했어요. 그는 예쁘장한 막내아들의 선한 품성을 눈 뜨고 봐줄 수가 없었어요. 자신의 두 아들의 밉살스러움이 더 도드

신더와 유리구두

라졌으니까요. 새아버지는 착하기만 한 막내아들에게 집에서 가장 힘든 집안일만 시켰습니다. 접시와 식탁을 박박 문질러 닦게 하고 방을 깨끗이 청소시키고 큰 방과 형들의 방도 말끔히 정리하라고 했어요. 착한 막내아들은 허름한 다락방에서 밀짚으로 만든 초라한 침대에서 잤어요. 하지만 다른 아들 둘은 고급스러운 방에서 지냈어요. 아름다운 무늬의 바닥 타일에 최신 유행의 침대, 거울은 또 어찌나 큰지 머리부터 발끝까지 전신을 다 비출 수 있었어요.

불쌍한 막내아들은 이 모든 걸 꾹 참았습니다. 어머니에게 말해봤자 당장 새아버지에게 일러바칠 게 뻔해서 속내를 털어놓을 생각은 꿈에도 하지 못했어요. 어머니는 새아버지의 꼭두각시에 불과했거든요. 막내아들은 집안일을 끝내고 나면 벽난로 구석으로 가 잿더미 사이에 앉아 있곤 했어요. 그래서 식구들은 그를 '재'라는 뜻의 '신더'를 붙여 신더 보이라고 불렀지요. 첫째 아들보다는 좀 덜 무례하고 야박했던 둘째 아들은 그냥 신더라고 불렀어요. 하지만 신더는 허름한 차림에도 불구하고 늘 화려하게 입은 형들보다 100배는 더 멋있어 보였어요.

그러던 어느 날, 공주가 파티를 연다는 소식이 들려왔습니다. 사교계의 모든 사람을 초대한다는 거였죠. 값비싼 옷을 입는 거로 둘째가라면 서러운 형들도 역시 초대받았어요. 둘은 초대를 받고 뛸 듯이 기뻤죠. 어떤 재킷과 바지를 입을지, 어떤 모자를 쓸지 고르느라 눈코 뜰 새 없이 분주했어요. 이건 신더에게는 할 일이 더 늘어났다는 의미였지요. 형들의 옷을 다림질하고 주름 장식을 손봐야 하는 건 전부 그의 몫이었으니까요. 두 형은 종일 무슨 옷을 입을까 수다만 떨었습니다.

형이 먼저 나섰어요. "내 생각에는, 프렌치 트리밍이 들어간 붉은색 벨벳 정장을 입어야 할 거 같아."

동생도 지지 않았지요. "그러면 나는 늘 입는 정장 바지 대신 황금색 꽃무늬 자수가 들어간 망토를 걸치고 다이아몬드 가슴 장식을 달아야지. 아마 세상에서 이만큼 화려한 옷은 없을 거야."

둘은 머리 장식을 만들고 네커치프를 손보기 위해 최고로 유명한 디자이너를 불렀어요. 좋은 물건이 많기로 유명한 백작에게 고급스러운 붉은색의 의류용 브러시와 패치도 빌렸어요.

신더는 사사건건 형들에게 불려가 같이 의논해야 했어요. 안목이 높고 감각이 뛰어나 최고로 좋은 조언을 해주었거든요.

게다가 형들은 당연히 신더가 해야 한다는 듯 머리 손질까지 맡겼지요. 형들은 머리를 매만지고 있는 신더에게 이렇게 물었어요.

"야, 너도 무도회에 가고 싶지 않아?"

"형님들, 놀리려고 그러는 거죠. 저는 그런 곳에 갈 만한 사람이 못 됩니다."

"그래도 사람들 시선을 받기에 너만 한 사람이 있겠냐. 신더가 무도회에 왔으니 사람들이 얼마나 웃겠어."

신더가 아니었다면 형들의 헤어스타일은 엉망진창이 되었을 테지만, 신더의 감각은 정말 탁월해서 형들의 차림새를 완벽하게 마무리했어요. 두 형은 너무 들뜬 나머지 이틀 동안 밥도 거의 먹지 않았어요. 셔츠를 딱 맞게 입어 몸매를 드러내려고 레이스를 바짝 당기다가 끈을 열두 개도 더 끊어트렸거든요. 그러면서도 계속해서 거울을 들여다보았죠. 마침내 기대하던 그날이 되었어요. 두 형은 궁전으로 향했어요. 신더는 두 형이 나가는 모습에서 눈을 떼지 못했어요. 그러다가 형들이 시야에서 사라지자 걷잡을 수 없이 눈물을 흘리기 시작했어요.

그 순간 신더의 대부가 나타나 온통 눈물로 얼룩진 얼굴을 보고 무슨 일이냐고 다그쳤어요.

"저도, 저도···." 신더는 솟아나는 눈물 때문에 말을 잊지 못했어요.

대부가 말했지요. "무도회에 가고 싶은 게로구나. 그렇지?"

신더는 크게 한숨을 내쉬었습니다. "흑···. 네."

"그렇다면, 이렇게 하자. 내가 무도회에 가게 해주마." 그러더니 신더를 자신의 집으로 데려갔어요. "자, 정원에 가봐라. 가서 호박을 하나 가져오렴."

신더는 얼른 가장 좋은 호박을 가져와 대부에게 내밀었어요. 이 호박으로 어떻게 무도회에 가게 하겠다는 건지 의아해하면서요. 대부는 호박 안을 다 파내고 껍질만 남기더니 지팡이로 호박을 탁 쳤어요. 그랬더니 호박이 눈 깜짝할 새에 온통 금으로 장식된 화려한 마차로 변했어요.

그리고 옆에 있던 쥐덫 상자로 갔어요. 거기에는 생쥐 여섯 마리가 찍찍거리고 있었어요. 대부는 신더에게 쥐덫 상자의 작은 문을 열어보라고 했어요. 생쥐가 한 마리씩 나오자 대부가 지팡이로 톡톡 치니 모두 생쥐처럼 회색 얼룩무늬가 있는 아름다운 명마가 되었어요.

신더는 마부가 필요하겠다는 생각에 "제가 가서 좀 볼게요. 쥐가 더 있으면 그걸 활용할 수 있을 테니까요"라고 말했어요.

대부도 동의했지요. "그래, 그렇겠구나. 가서 찾아보렴."

이내 신더가 커다란 쥐 세 마리가 들어 있는 쥐덫 상자를 가져왔어요. 대부는 그중에 털이 가장 긴 쥐를 골라 지팡이로 통쳤어요. 그러자 통통하고 성격 좋아 보이는 여자로 변신했지요. 마부 중 그렇게 멋진 콧수염이 있는 여자는 처음이었어요. 대부 요정이 말했어요.

"다시 정원으로 가보렴. 물항아리 뒤로 도마뱀이 여섯 마리 있을 거다. 그놈들을 잡아 오너라."

신더는 한걸음에 달려가 가져왔어요. 대부가 도마뱀을 여섯 명의 하인으로 변신시키자 하인들은 냉큼 마차 뒤로 올라탔어요. 온통 금과 은으로 장식된 제복 차림에 늘 그랬던 것처럼 서로 꼭 붙어 섰지요. 대부가 신더에게 물었습니다.

"자, 이게 네가 무도회에 타고 갈 사륜마차다. 마음에 드니?"

"네! 마음에 쏙 들어요! 그런데 이런 넝마를 입고 가도 될까요?"

대부가 지팡이로 신더를 살짝 건드리자 순식간에 최고급 보석이 주렁주렁 달린, 금과 은으로 지어진 옷으로 변신했어요. 그런 다음, 유리로 만든 구두를 한 쌍 주었지요. 세상에서 제일 예쁜 신발이었어요. 이렇게 몸단장을 마친 신더가 마차에 올랐어요. 그러자 대부는 신더에게 무슨 일이 있더라도 절대 자정을 넘기면 안 된다고 했어요. 만약 1초라도 넘기면 마차는 다시 호박으로, 말은 생쥐로, 마부는 큰 쥐로, 하인은 도마뱀으로, 옷은 이전에 입고 있던 옷으로 돌아갈 거라면서요.

신더는 요정 대부에게 반드시 자정 전에 무도회에서 나오겠다고 약속했어요. 그리고 마차를 타고 기쁨을 감추지 못하며 출발했어요. 한편 공주는 아무도 본 적이 없는 멋진 왕자가 온다는 소식을 듣고 그를 맞이하러 나가보았습니다. 그녀는 신더가 마차에서 내리자 손을 내밀었어요. 사람들이 모여 있는 무도회장으로 데려갔지요. 순간 정적이 흘렀습니다. 춤추던 사람들은 동작을 멈추고, 바이올린 연주자들은 연주를 중단한 채 처음 보는 이 독보적으로 아름다운 소년을 쳐다보느라 넋을 잃었어요. 무도회장은 놀란 사람들의 중얼거리는 소리만 들렸어요.

"와! 정말 잘생겼네요! 세상에! 정말 저 얼굴 좀 봐요."

나이가 지긋한 여왕도 신더에게서 눈을 떼지 못하며 왕에게 저렇게 아름답고 사랑스러운 인물은 참 오랜만에 본다고 넌지시 말했어요.

귀족들은 신더의 옷과 머리 장식을 살피느라 정신이 없었어요. 저렇게 고급스러운 소재를 구해 비슷한 옷을 만들 수 있는 기술자를 찾아내기만 한다면, 다음 날이라도 당장 똑같이 만들어 입을 셈이었어요.

공주는 신더를 가장 좋은 자리에 앉게 했어요. 후에는 그를 데리고 나가 춤을 췄어요. 신더가 어찌나 우아하게 춤을 추는지 사람들은 점점 더 그에게 빠져들었어요. 고급스러운 식사가 차려졌습니다. 공주는 음식에는 손도 대지 않고 그저 신더만 뚫어져라 쳐다보았어요.

신더는 두 형에게 다가갔습니다. 공주에게서 받은 오렌지와 시트론을 정중히 나눠주었지만 형들은 신더를 알아보지 못하고 그저 눈부신 외모에 감탄만 할 뿐이었어요. 신더가 형들과 재미있게 얘기하는데, 11시 45분임을 알리는 시계 소리가 들렸어요. 그래서 얼른 양해를 구하고 최대한 서둘러 빠져나왔습니다.

집에 도착한 신더는 급히 대부 요정을 찾았어요. 감사 인사를 드린 다음 내일도 무도회에 가지 않고는 못 견디겠다고 고백했어요. 공주가 무척 그를 보고 싶어 할 테니까요.

신더가 대부에게 무도회에서 일어났던 일을 열심히 설명하고 있는데 두 형이 문을 두드리는 소리가 들렸어요. 신더는 재빨리 달려가 문을 열었지요.

"무도회에 이렇게나 오래 있었어요?!" 신더는 하품하며 눈을 비비고 기지개를 켜면서 마치 자다가 일어난 것처럼 굴었어요. 하지만 형들이 집에서 나간 뒤로 자고 싶다는 생각이 들 겨를은 없었지요.

형이 말했어요. "네가 무도회에 갔다면 정말 심심할 틈이 없었을 거야. 정말 멋있는 왕자가 왔거든. 내가 살아생전 본 남자 중에 제일 아름답더라. 예의도 어찌나 바른지 우리한테 오렌지와 시트론을 줬다니까."

신더는 무덤덤한 표정으로 형들에게 혹시 왕자의 이름을 아느냐고 물었어요. 형들은 이름은 모르지만, 공주가 왕자 때문에 애를 태우고 있으며 무슨 일이 있어도 그가 누군지 알아내려 한다고 했어요. 이 말에 신더는 빙긋 웃었지요.

"정말 아름다운 왕자였나 보네요. 형님들은 좋았겠어요! 저도 그 왕자를 볼 수 없을까요? 아! 형이 매일 입고 다니는 노란색 정장을 빌려주면 안 될까요?"

"아이고, 뭐라고?" 형이 큰소리로 외쳤어요. "너같이 더러운 애한테 내 옷을 빌려달라니! 내가 바보인 줄 아나."

신더는 형이 거절할 줄 알고 있었어요. 사실 형이 거절해서 오히려 마음이 놓였지요. 신더가 농담으로 던져본 말인데 만약 형이 허락했다면 되레 실망했을 거예요.

다음 날, 두 형은 다시 무도회장으로 출발했고 신더도 뒤이어 갔답니다. 어제보다 더 화려하게 치장하고 갔어요. 공주는 무도회 내내 신더와 함께 다니면서 칭찬과 찬사를 멈추지 않았어요. 시간 가는 줄 모르고 무도회를 즐기던 신더는 그만 요정 대부의 경고를 새까맣게 잊고 말았어요. 그래서 문득 시계 종이 울리자 11시인 줄 알았는데 열두 번째 울렸다는 걸 깨달았어요. 신더는 화들짝 일어나 한 마리의 사슴처럼 날래게 달려 나갔지요. 공주도 신더를 따라왔지만 그렇게 빨리 갈 순 없었어요. 공주는 신더의 발에서 벗겨진 유리구두 한 짝을 조심스럽게 집어 들었어요. 신더는 숨을 헉헉 내쉬며 허름한 옷차림으로 집에 도착했어요. 화려한 옷은 다 사라졌고 덜렁 유리구두 한 짝만 남았지요.

공주는 궁전의 문지기들에게 왕자가 나가는 걸 봤는지 물어보았어요.

문지기들은 젊은 청년 외에는 아무도 나가는 걸 보지 못했는데 옷차림이 아주 형편없어 귀족이라기보다는 가난한 시골 사람 같았다고 대답했어요.

두 형이 무도회에서 돌아오자 신더는 무도회에서 즐거웠는지, 그 멋진 왕자도 왔는지 물어보았어요.

형들은 왕자가 오긴 왔는데 12시 종이 치자마자 서둘러 나가버렸다고 했어요. 어찌나 빨리 달려 나갔는지 아름다운 유리구두 한 짝을 흘리고 갔다고 했지요. 그걸 공주가 갖고 있다는 말도요. 공주는 내내 왕자만을 쳐다보았고 유리구두의 주인인 잘생긴 왕자와 사랑에 빠진 게 틀림없다고 덧붙였어요.

신더와 유리구두

그 말은 사실이었어요. 공주가 트럼펫을 울리며 그 유리구두가 발에 맞는 사람과 결혼하겠다고 발표했거든요. 공주의 하인들이 여러 나라의 왕자들부터 공작들, 왕실 사람들에게 전부 구두를 신어보라고 했어요. 하지만 구두가 발에 맞는 사람은 단 한 명도 없었어요. 두 형에게도 순서가 왔어요. 하지만 역시 맞지 않았지요. 이 장면을 가만히 지켜보고 있던 신더는 자신이 신었던 신발이란 걸 확신하고 웃으며 다가갔어요.

"구두가 제 발에 맞는지 한번 볼게요."

두 형은 와하하 웃음을 터트리며 막내를 비웃었어요. 사람들에게 구두를 신기며 신더를 한참 쳐다보던 하인은 신더의 용모가 뛰어나다는 걸 진즉 알아챘어요. 그래서 막 신더에게 신어보라고 할 참이었다고 했지요. 모든 사람이 전부 시도해봐야 한다면서요.

하인은 신더의 발에 구두를 신겨봤어요. 그랬더니 발이 어찌나 쉽게 들어가는지 밀랍으로 맞춘 듯 딱 맞았어요. 두 형은 어찌나 놀랐는지 까무러칠 뻔했지요. 하지만 그보다 더 놀랐던 건 신더가 갑자기 자기 옷 주머니에서 다른 쪽 유리구두를 꺼낼 때였어요. 그때 어디선가 요정 대부가 나타났어요. 그리고

신더와 유리구두

신더의 옷을 톡 두드리자 전에 입었던 옷들보다 더 화려하고 아름다운 옷으로 변했어요.

마침내 두 형은 무도회에서 봤던 그 잘생기고 멋진 왕자가 누군지 알게 되었어요. 그동안 막내에게 갖은 고생을 시켰던 기억이 떠올라 신더의 발 앞에 털썩 주저앉아 용서를 구했어요. 신더는 두 형을 일으키고 꼭 안아주며 하염없이 눈물을 흘렸어요.

신더는 형들을 모두 진심으로 용서했으니 자신을 늘 아껴달라고 했어요.

화려한 옷을 입은 신더는 공주에게 갔습니다. 공주는 신더를 보고 전보다 더 매력적이라고 생각했어요. 며칠 후, 둘은 결혼식을 올렸어요. 신더는 인물도 좋을 뿐 아니라 성품도 훌륭해 두 형에게 궁전에서 살 공간을 마련해주고 같은 궁에서 아름다운 아가씨를 골라 인연을 맺어줬답니다.

잠자는
숲속의 왕자

The Sleeping Handsome
in the Wood

먼 옛날, 여왕과 왕이 살았습니다. 그런데 아기가 없어 매우 우울했어요. 그 슬픔은 이루 말로 표현할 수 없을 정도였지요. 약효가 있다는 샘물이란 샘물은 전부 가보고 착하게 살겠다고 하느님께 약속도 하고 순례에 나서는 등 할 수 있는 건 다 해봤지만 허사였어요.

그런데 드디어, 왕이 아들을 낳았어요. 정말 아름다운 세례식이 거행되었어요. 여왕국 전역에서 찾아낸 일곱 요정이 전부 대부가 되어주었어요. 당시 요정의 관습에 따라 요정들은 왕자에게 줄 선물을 준비했습니다. 이는 그야말로 상상할 수 있는 모든 재능을 받는 것과 마찬가지였어요.

잠자는 숲속의 왕자

세례식이 끝난 후, 사람들은 요정을 위한 성대한 만찬이 준비되어 있는 여왕의 성으로 돌아왔어요. 각 요정 앞에는 거대한 황금으로 된 상자가 놓여 있었어요. 그 안에는 금으로 만들고 다이아몬드와 루비로 장식한 스푼, 나이프, 포크 식기 세트가 들어 있었어요. 요정들이 모두 식탁에 앉아 있었는데 늙은 요정 하나가 연회장으로 들어왔어요. 초대받지 않은 요정이었지요. 그 요정은 탑에서 50년도 넘게 나오지 않았기 때문에 죽었거나 마법에 걸렸을 거라고 알려져 있었어요.

여왕은 그 요정에게도 식기를 주라고 명령했어요. 하지만 다른 요정들이 받은 황금으로 만든 상자에 넣어주진 못했어요. 왜냐면 상자는 일곱 요정을 위해 특별히 일곱 개만 제작되었거든요. 늙은 요정은 무시당했다고 느껴 이빨 사이로 중얼중얼 험악한 말을 뱉었어요. 옆에 앉아 있던 젊은 요정은 그가 투덜대는 소리를 들었어요. 그리고 늙은 요정이 어린 왕자에게 어떤 불행한 선물을 줄지도 모른다고 판단했어요. 그래서 요정들이 식탁에서 일어날 때 얼른 장식용 벽걸이 뒤에 몸을 숨겼어요. 선물을 줄 때 마지막 순서로 나가 늙은 요정이 꾸밀지도 모르는 음모를 최대한 막아 보려는 계획이었지요.

그러는 동안 요정들이 왕자에게 선물을 전달하기 시작했어요. 가장 어린 요정은 왕자가 세상에서 가장 아름다운 사람이 되게 하였어요. 두 번째 요정은 왕자에게 천사의 지혜를 주었어요. 세 번째 요정은 왕자가 하는 일마다 큰 은총을 받게 해줬지요. 네 번째 요정은 왕자가 근사하게 춤을 추는 재주를 선물했어요. 다섯 번째 요정은 나이팅게일처럼 맑은 목소리로 노래할 수 있게 했어요. 여섯 번째 요정은 무슨 곡이든 완벽하게 연주할 수 있는 실력을 선물로 주었습니다.

늙은 요정 차례가 되었어요. 그는 나이가 들어서라기보다는 악의에 차서 고개를 절레절레 흔들며 왕자가 물레에 손을 찔릴 것이고 그 상처 때문에 죽게 될 거라는 저주를 내렸어요. 이 끔찍한 말을 듣고 모든 사람이 공포에 떨며 흐느끼기 시작했습니다.

바로 그 순간, 젊은 요정이 벽걸이 장식 뒤에서 나와 크게 외쳤어요.

"여러분, 여왕과 왕이시여. 아드님은 이 끔찍한 일로 죽지 않을 것입니다. 저보다 나이 많은 요정이 내린 저주를 제가 완전히 뒤집을 수는 없습니다. 왕자는 정말로 손을 물레에 찔릴 것입니다. 하지만 죽는 대신 100년 동안 깊은 잠에 빠지게 될 거예요. 그리고 나면 용감한 공주가 와서 그를 깨울 것입니다."

늙은 요정이 예언한 끔찍한 일을 피하고 싶었던 여왕은 즉시 이 시간 이후로 그 누구든 실패와 물레로 실을 돌리거나 집에 그 어떤 물레를 두는 것도 금지한다며, 이를 어길 시 무조건 사형에 처한다고 선언했습니다.

그 후로 15년에서 16년 정도 세월이 흘렀어요. 여왕의 가족은 다른 나라로 여행을 떠났고 왕자는 혼자 새로운 궁전을 신나게 뛰어다녔어요. 이 방 저 방을 다니다가 탑의 꼭대기에 있는 작은 방에 들어가게 되었어요. 방 안에는 마음씨 좋아 보이는 노인이 혼자 물레를 돌리고 있었지요. 이 노인은 물레를 사용하면 안 된다는 여왕의 명령을 전혀 모르고 있었어요.

"할아버지, 여기서 뭐 하시는 거예요?" 왕자가 물었어요.

"물레를 돌리고 있단다." 왕자를 알아보지 못하는 노인이 대답했어요.

"와! 이거 되게 예쁘네요. 어떻게 하는 거예요? 이리 줘보세요. 저도 한번 해보고 싶어요."

왕자가 서둘러서인지 혹은 서툴러서인지 아니면 사악한 요정의 저주 때문인지 물레에 손을 댄 순간, 정말 손이 찔려 기절하고 말았어요.

아무것도 모르는 노인은 어쩔 줄 몰라 도와달라고 소리쳤어요. 여기저기서 사람들이 우르르 몰려왔어요. 왕자의 얼굴에 물을 뿌리고 셔츠 끈을 풀고 손바닥을 때리고 관자놀이에 향수를 문지르기도 했지만, 어떻게 해도 왕자는 정신을 차리지 못했어요.

사람들의 소란에 황급히 방에 올라온 여왕은 요정의 예언을 떠올렸어요. 요정의 말대로 시간이 지나야 해결될 일이라며 체념했어요. 그래서 왕자를 성에서 가장 좋은 방으로 옮기고 금과 은으로 수놓은 침대에 뉘었어요.

누운 모습이 어찌나 아름다운지 꼭 작은 천사로 착각할 만했지요. 의식을 잃었어도 안색은 전혀 변함없었거든요. 두 뺨은 카네이션 같고 입술은 산호색이었어요. 두 눈은 감겨 있었지만, 곤히 숨을 쉬고 있어 왕자를 둘러싼 사람들은 왕자가 죽지 않았음을 알고 안심했어요. 여왕은 왕자를 방해하지 말고 깨어날 때까지 조용히 자게 두라고 명령했어요.

100년 동안 잠을 자는 것으로 왕자의 생명을 구한 착한 요정은 이 사건이 일어났을 때 4만 8천 킬로미터나 떨어진 마타킨 여왕국에 있었어요. 하지만 난쟁이가 한 걸음에 28킬로미터를 걸을 수 있는 부츠를 신고 달려온 덕분에 소식을 바로 들을 수 있었어요. 요정은 용이 끄는 불타는 전차를 타고 곧장 궁으로 출발해 약 한 시간 후 도착했어요.

여왕은 전차에서 내리는 요정의 손을 잡아주었습니다. 그는 여왕이 한 일을 보고 잘했다고 했어요. 선견지명이 뛰어난 요정은 왕자가 깨어날 때 낡은 궁전에서 혼자 있으면 어떻게 해

야 할지 당황할 수 있다고 생각했어요. 그래서 궁전에 있는 모든 걸 마술 지팡이로 건드렸어요. (여왕과 왕은 빼고요.) 가정교사와 들러리, 시종, 귀부인, 관리인, 집사, 요리사, 보조요리사, 접시닦이, 보초, 근위병, 시동, 하인 들까지 말이에요. 마구간과 다른 집에 있던 모든 말, 성 변두리에 있던 모든 품종 좋은 개, 침대에서 왕자 옆에 누워 있던 귀여운 스패니얼 품종인 몹시까지 전부 지팡이로 건드렸지요.

요정의 지팡이가 닿자마자 모두 스르륵 잠에 빠졌어요. 그들의 주인인 왕자가 깨어나기 전에는 일어나지 않도록 했어요. 왕자가 필요할 때 시중을 들 수 있게요. 자고새와 꿩고기를 구울 수 있을 것처럼 이글이글 타던 벽난로의 불조차도 잠에 빠졌어요. 이 모든 일은 눈 깜짝할 새 일어났어요. 요정들은 일처리를 하는 데 미적거리지 않으니까요.

이제 여왕과 왕은 사랑하는 왕자가 깨지 않도록 조심스레 입을 맞추고 궁전에서 나가 그 누구도 절대 궁전 가까이 가지 못한다고 선포했어요.

하지만 이건 불필요한 일이었어요. 15분 만에 정원 주변에 있던 거대한 나무와 크고 작은 덤불, 나무딸기가 서로 엇갈리며 쑥쑥 자라더니 사람은커녕 짐승도 통과하지 못하게 되었거든요. 그래서 성 꼭대기 외에는 아무것도 보이지 않았답니다. 그것도 상당히 떨어져 있었지요. 왕자가 자는 동안 그 누구의 호기심도 닿지 못하도록 요정이 아주 특별한 솜씨를 부린 거라고 모두가 생각했어요.

100년이 흐른 후, 왕자와 다른 가문 출신으로 그 지역을 다스리던 여왕의 딸이 왕자가 잠들어 있던 성 근처로 사냥을 나왔어요. 공주가 성을 보고 물었지요.

"빽빽한 숲 중간에 있는 저 탑은 뭐죠?"

사람들은 다들 자기가 들은 대로 한마디씩 했어요. 어떤 사람은 귀신이 들린 허물어져가는 낡은 성이라고 했어요. 그 지역에 사는 모든 마법사가 매년 악마의 연회나 야간 회의를 여는 곳이라고 대답하는 사람들도 있었어요.

공통된 이야기는 이거였어요. 무시무시한 괴수 같은 여자가 살고 있는데 툭하면 아이들을 성으로 끌고 가 한가할 때 잡아먹는다는 거였죠. 오로지 그 괴수만 빽빽한 숲을 지나갈 수 있어서 아무도 들어가지 못한다고 했어요.

공주는 누구의 말을 믿어야 할지 몰라 당황스러웠어요. 그때 아주 선한 시골 아낙이 공주에게 이렇게 말했어요.

"공주님, 제가 한마디 해도 되겠습니까. 50년 전에 제 어머니가 제게 해준 이야기입니다. 어머니는 할머니에게 전해 들었다는군요. 저 성에는 왕자가 살고 있는데요. 세상에서 가장 아름다운 사람이랍니다. 꼭 100년을 잠들어 있으면 공주가 나타나 왕자를 잠에서 깨운다고 합니다."

젊은 공주는 이 말을 듣고 온몸이 달아오르는 거 같았어요. 그 말을 진지하게 생각해보지도 않고 이 진귀한 일을 자신이 끝낼 수 있겠다고 믿었거든요. 사랑과 명예를 지키겠다는 일념 하나로 곧바로 조사에 나섰지요.

공주가 숲에 가까이 가자 거대한 나무와 덤불, 나무딸기가 일제히 길을 터주며 지나갈 수 있게 해주었어요. 공주는 널따란 길 끝에 있는 성을 향해 걸어갔어요. 그런데 숲을 지나자마자 거대한 나무들이 다시 길을 닫아 신하 중 아무도 공주를 따라갈 수 없었어요. 그래도 걸음을 멈추지 않았어요. 젊고 호기로운 공주는 늘 용맹했거든요.

공주는 탁 트인 야외 정원으로 갔어요. 눈앞에는 세상에서 가장 겁 없는 사람이라도 얼어붙을 만한 광경이 펼쳐졌어요.

온통 무시무시한 침묵으로 가득했어요. 사방에는 죽음이 도사리고 있었어요. 축 늘어진 여자들과 동물의 사체밖에 없었고 모든 생명체는 다 죽은 듯 보였어요. 하지만 공주는 근위병들의 붉은 혈색이 도는 얼굴과 뾰루지투성이 코를 보고 그들이 죽은 게 아니라 그저 잠들어 있을 뿐이라는 걸 깨달았어요. 근위병들이 손에 쥔 술잔에 와인이 남아 있는 걸 보아하니 그저 자고 있는 게 분명했지요.

그래서 공주는 대리석이 깔린 방을 지나 계단을 올라갔어요. 보초병들이 묵는 숙소로 들어가자, 군인들이 계급대로 나란히 서서 장총을 어깨에 멘 채 시끄럽게 코를 골며 자고 있었어요. 서 있거나 앉아서 잠들어 있는 귀부인들과 귀족들로 가득한 방을 여러 개 지났어요. 드디어 황금으로 장식된 침실이 나왔어요. 거기 침대 위에, 열린 커튼 사이로 지금까지 본 사람 중 가장 잘생긴 왕자가 보였어요. 열다섯이나 열여섯 살 정도 되어 보였지요. 눈부시게 빛나는 아름다운 미모에 신성한 느낌마저 들었어요. 공주는 경외심에 몸을 떨며 다가가 왕자 앞에 털썩 무릎을 꿇었어요.

그 순간, 왕자의 마법이 풀렸답니다. 잠에서 깬 왕자는 첫눈

에 반한 사람의 눈길보다 더 부드럽게 공주를 바라보았어요.

"당신인가요? 나의 공주님." 왕자가 공주에게 말했어요. "꽤 오래 기다리셨지요."

이 말에 흠뻑 빠진 공주는 왕자와 대화를 나누며 더 깊은 사랑을 느끼게 되었고 넘치는 기쁨과 감사에 어쩔 줄 몰라 했어요. 공주는 자신을 사랑하는 것보다 왕자를 더 사랑하겠다고 맹세했어요. 대화를 계속해서 이어나가기가 힘들 지경이었어요. 둘의 눈에서 눈물이 그치질 않았거든요. 유창한 말보다는 사랑에 대해 훨씬 더 많이 이야기했어요. 할 말을 잃은 건 왕자보다 공주였어요. 그건 당연하지요. 왕자는 공주에게 무슨 말을 해야 할까 생각할 시간이 많았잖아요. 마음씨 착한 요정이 왕자가 그렇게 오래 잠을 자는 동안 아주 기분 좋은 꿈을 꾸게 했을 테니까요. 둘은 네 시간 동안 얘기했습니다. 그래도 하고 싶은 말에 반도 못 했어요.

그러는 사이 궁전의 모든 것이 깨어났습니다. 모두가 자기가 맡은 일을 떠올렸어요. 하지만 모두가 사랑에 빠진 건 아니었기에 다들 배고파 죽을 지경이었어요. 수석 신하도 다른 사람들과 마찬가지로 신경이 점점 더 예민해져 왕자에게 저녁이 준비되었다고 큰 소리로 외쳤답니다. 공주는 왕자가 일어나는 걸 도와줬어요. 완벽하게 옷을 차려입은 왕자는 근엄해 보였어요. 하지만 그 옷은 증조할아버지가 입을 법한 스타일이었고 셔츠 칼라의 목이 너무 높았지만, 공주는 그런 말을 입 밖으로 내지 않았어요. 옛날 스타일의 옷을 입었다고 해도 왕자의 매력이 반감되거나 덜 아름다워 보이진 않았으니까요.

둘은 거울로 장식된 대연회장으로 갔습니다. 관리들의 시중을 받으며 식사했어요. 바이올린과 오보에로 옛날 노래들이 연주되었어요. 연주자들은 악기를 만진 지 100년도 더 됐지만 그래도 실력은 전혀 녹슬지 않았어요. 식사를 마친 후 공주와 왕자는 시간을 지체하지 않고 성의 성당에서 여주교의 주례로 결혼식을 치렀어요. 수석 신하가 커튼을 내렸지요. 공주와 왕자는 거의 잠을 자지 못했어요. 왕자는 이미 잘 만큼 잤잖아요. 게다가 공주는 다음 날 아침에 도시로 돌아가 집에 들어오지 않은 딸을 걱정하고 있을 어머니를 뵈어야 했어요.

공주는 여왕에게 그동안의 일을 설명했어요. 사냥하러 길을 나섰는데 그만 숲에서 길을 잃어 숯을 굽는 사람의 오두막에서 그 사람이 준 치즈와 빵을 먹으며 지냈다고요.

선한 여왕은 딸의 말을 믿었어요. 하지만 왕은 공주의 말을 믿지 않았지요. 공주가 매일같이 사냥을 나가고 늘 핑곗거리를 대며 사나흘 동안 궁전에 돌아오지 않자 혹시 공주가 몰래 결혼한 게 아닐까 의심하기 시작했어요. 공주는 이제 왕자와 같이 산 지 2년도 넘은 데다 아기도 두 명이나 낳았으니까요. 맏아들은 모닝이라고 이름을 지었고 막내딸은 데이라고 지었어요. 데이는 외모가 유난히 빼어나고 아름다웠어요.

왕은 공주에게 무엇을 하며 시간을 보내는지 자신에게 직접 보고하라고 여러 번 명령했어요. 그게 마땅한 의무라면서요. 하지만 공주는 절대 사실대로 털어놓을 수 없었어요. 아버지를 사랑했지만 동시에 두렵기도 했거든요. 아버지는 사실 인간을 잡아먹는 괴물의 피를 이어받은 사람이었어요. 어머니는 아버지가 그렇게 부자가 아니었더라면 결혼하지 않았을 거예요. 궁궐에는 아버지가 괴물 성향이 있다는 소문이 돌 정도였어요. 왕은 조그만 아이들이 지나갈 때마다 아이들에게 달려들지 않으려고 갖은 노력을 다해야 했거든요. 그래서 공주는 단 한마디도 하지 않았지요.

시간이 흘러 약 2년 후, 여왕이 죽어 공주가 새 여왕의 자리에 올라야 했어요. 그래서 공주는 자신이 결혼했음을 공식적으로 선포했지요. 그리고 성대한 의식을 열어 새로운 왕을 환영했어요. 젊은 왕은 두 아이와 말을 타고 화려하게 수도로 입장했어요.

얼마 후, 새 여왕은 이웃 나라인 콘탈라뷰트 황후와 전쟁을 하게 되었어요. 여왕은 여왕국의 일을 아버지에게 맡기고 남편과 두 아이를 잘 보살펴달라고 간절히 부탁했어요. 여름 내내 전쟁터에서 보내야 했거든요. 여왕이 출발하자마자 아버지는 사위와 손자, 손녀를 숲속에 있는 시골집에 보냈어요. 자신의 끔찍한 욕구를 좀 잠재우려는 의도였지요.

그러나 시간이 흐른 후, 아버지가 직접 시골로 찾아갔어요. 주방에서 일하는 요리사를 불러 이렇게 얘기했어요.

"내일 저녁으로 저 어린 모닝을 먹어야겠다."

"오! 전하!" 요리사의 입에서 탄식이 흘러나왔어요.

"반드시 그래야겠다." 왕은 신선한 인육을 먹고 싶다는 강렬한 욕망이 드러나는 괴물의 목소리로 말했어요. "모닝을 로베르타 토마토소스에 곁들여 먹을 것이다."

난감한 처지에 놓인 요리사는 괴물을 속일 수 없다는 걸 잘 알고 있었어요. 그래서 커다란 칼을 들고 어린 모닝의 방으로 올라갔어요. 네 살인 모닝은 그녀가 올라온 걸 보고 반가워서 폴짝 뛰어 목을 껴안았지요. 웃으며 사탕을 달라고 했어요. 그러자 요리사는 눈물을 와락 쏟으며 커다란 칼을 툭 떨어뜨렸어요. 그리고 모닝을 데리고 자신의 남편에게 데려가 마당 끝에 있는 그들의 방에 숨겨달라고 부탁했어요. 대신 뒷마당에서 어린 양을 잡아 와 왕이 요구했던 소스에 요리를 어찌나 훌륭하게 만들었는지, 왕은 살면서 이렇게 맛있는 음식은 처음 먹는다며 만족해했어요.

약 8일이 지난 후, 사악한 아버지는 요리사에게 또 이렇게 말했어요. "이번에는 데이를 먹어야겠다."

요리사는 한마디도 대꾸하지 않았어요. 전에 했던 것처럼 왕을 속여야겠다고 결심했지요. 요리사는 어린 데이를 찾아갔어요. 어린 데이는 포일로 작게 칼을 만들어 손에 쥐고 커다란 원숭이 인형과 칼싸움 놀이를 하고 있었어요. 데이는 겨우 세 살이었지요. 요리사는 데이를 안고 남편에게 가서 모닝과 같이 방에 숨겨달라고 했어요. 그리고 데이의 방에서 새끼 염소를 아주 부드럽게 요리해 왕에게 바쳤어요. 괴물 왕은 정말 맛있게 먹어 치웠어요.

이렇게 무사히 넘어가는 것 같았지만 어
느 날 저녁, 간악한 괴물 왕이 요리사에게
말했어요.

"이번엔 아이들을 먹었던 똑같은 소스로
사위를 먹어야겠다."

불쌍한 요리사는 왕을 어떻게 속여야 할
지 절망스러웠어요. 젊은 왕은 스무 살이
었지만 100년 동안 잠들어 있었으니까요.
그와 비슷한 짐승이 어떤 것일지 몰라 난
처했어요. 요리사는 해결책을 찾았습니
다. 자신의 생명을 부지하기 위해 젊은 왕
의 목을 베기로 결단했어요. 마음을 굳세
게 먹고 손에 단검을 꽉 쥐고 올라갔습니
다. 하지만 요리사는 끝내 왕을 덮치지 못
했어요. 대신 깍듯이 예의를 갖추고 괴물
왕으로부터 왕을 죽이라는 명령을 받았다
고 고백했어요.

"하시오. 그렇게 하세요." 젊은 왕이 목을 숙였어요. "명령대로 나를 치시오. 가서 내 아이들을, 내 가여운 아이들을 만나겠습니다. 내가 너무나 사랑하고, 나를 사랑하는 아이들을."

젊은 왕은 아이들이 다른 곳에 피신해 있다는 사실은 꿈에도 몰랐어요. 정말 죽었다고 생각했거든요.

"아닙니다. 아니에요." 불쌍한 요리사는 눈물을 줄줄 흘렸어요. "그러시면 안 됩니다. 자제분들을 다시 만나실 수 있어요. 저와 함께 자제분들이 숨어 있는 곳으로 가셔야겠습니다. 괴물 왕에게는 젊은 암사슴을 대신 잡아 요리하면 다시 속일 수 있을 겁니다."

이 말을 하고 요리사는 젊은 왕을 자신의 방으로 데려갔어요. 왕은 방에 있던 아이들을 껴안으며 함께 엉엉 울었어요. 요리사는 젊은 암사슴을 요리해 왕에게 저녁으로 바쳤습니다. 괴물 왕은 암사슴이 젊은 왕인 줄 알고 게걸스럽게 먹어 치웠어요. 그는 자신이 저지른 잔인한 범죄에 흡족해하며 딸이 돌아오면 뭐라고 말할지 생각해보았어요. 사나운 늑대들이 남편과 두 아이를 잡아먹었다고 하기로 했어요.

어느 날 저녁, 괴물 왕은 평소처럼 성의 정원과 마당을 어슬

렁거리고 있었어요. 신선한 고기를 찾기 위해서였지요. 그런데 1층에 있는 한 방에서 어린 데이가 우는 소리가 들렸어요. 데이가 버릇없이 굴어서 젊은 왕이 혼을 내려고 했거든요. 동시에 모닝이 여동생을 용서해달라고 하는 소리도 들었어요.

괴물 왕은 그들의 목소리를 듣자마자 젊은 왕과 아이들이란 걸 알아차렸지요. 자신이 속았다는 걸 깨닫고 머리끝까지 화가 났어요. 다음 날 아침, 괴물 왕은 날이 밝자마자 무시무시한 목소리로 마당으로 커다란 통을 가져오라고 명령했어요. 그리고 두꺼비, 독사, 뱀 등을 채우라고 했어요. 젊은 왕과 아이들, 요리사까지 몽땅 집어넣을 작정이었지요. 괴물 왕은 신하들에게 그들의 손을 뒤로 묶어 잡아 오라고 했어요.

이내 젊은 왕과 아이들, 요리사가 잡혀 왔어요. 처형자들이 막 그들을 통에 던지려는 순간, 전쟁터에서 일찍 돌아오리라 예상하지 못했던 여왕이 말을 타고 마당으로 들어왔어요. 여왕은 깜짝 놀라 지금 벌어지고 있는 이 끔찍한 광경이 대체 뭐냐고 물었지요.

그 누구도 입을 열지 못했어요. 괴물 왕은 사태가 이렇게 되자 노발대발 성을 내더니, 다짜고짜 자신의 머리부터 몸을 완전히 통에 집어넣었어요. 그러자 사위와 손자, 손녀를 처리하기 위해 넣었던 온갖 끔찍한 생명체들이 그를 순식간에 삼켰지요. 여왕은 깊은 슬픔을 감출 수 없었어요. 어쨌든 아버지였으니까요. 하지만 곧 그녀의 남편과 귀여운 자녀들을 보고 마음의 위안을 찾았답니다.

진짜 왕자를
구별하는 법

*How to Tell
a True Prince*

옛 날 옛적에 왕자와 결혼하고 싶어 하는 공주가 살고 있었어요. 하지만 진짜 왕자여야 했지요. 그래서 공주는 진짜를 찾아내려고 전 세계를 돌아다녔어요. 왕자는 많고 많았지만 정말 왕자다운 인물인지 확신하기가 힘들었어요. 왕자마다 약간씩 부족한 점이 보여 완벽한 인물은 발견하지 못했거든요. 공주는 진짜 왕자를 찾아 헤매는 데 열정을 쏟았던 만큼 풀이 완전히 꺾인 채 집에 돌아왔어요.

어느 날 밤, 끔찍한 폭풍이 닥쳤어요. 천둥 번개가 요란하게 치고 비가 억수같이 퍼부었어요. 정말 무시무시한 밤이었죠! 그때 누군가 궁전 문을 두드리는 소리가 나서 나이 지긋한 여

진짜 왕자를 구별하는 법

왕이 나가 문을 열어보았어요.

그런데 왕자 한 명이 문밖에 서 있는 게 아니겠어요. 비와 폭풍우에 홀딱 젖어 어찌나 초라한 몰골이던지요! 머리카락부터 바지로 물이 줄줄 흘러 해진 신발 밖으로 물이 차고 넘칠 지경이었어요. 그런데 그가 말하길 자신이 진짜 왕자라는 거예요!

이를 지켜보던 나이 많은 왕은 '그렇단 말이지. 뭐, 곧 알게 되겠지!'라고 생각했어요. 하지만 아무런 말도 하지 않고 가만히 침실로 돌아가 이불을 다 걷어내고 침대 바닥 위에다가 콩 한 쪽을 올려놓았어요. 그리고 콩 위로 매트리스를 스무 개 쌓고 매트리스 위에다 깃털 이불을 스무 장 깔았어요. 그 침대에서 왕자를 자게 할 속셈이었어요.

다음 날 아침, 왕이 왕자에게 잘 잤냐고 물었습니다.

"아, 자는 내내 뒤척였습니다. 밤새도록 거의 눈도 붙이지 못했어요! 침대 바닥에 뭔지 몰라도 어찌나 딱딱한 게 있는지 몸 전체에 시퍼런 멍이 든 거 같습니다. 아주 끔찍했어요!"

그러자 모두 그가 제대로 된 왕자라는 걸 알

수 있었어요. 스무 개의 매트리스와 스무 장의 깃털 이불 아래에 놓인 콩 한 알을 느꼈으니까요.

진짜 왕자만이 그렇게 예민할 수 있거든요.

그래서 공주는 그 왕자와 결혼했답니다. 드디어 진짜 왕자를 만났으니까요. 그 콩은 왕실 박물관에 보관되었어요. 아무도 훔치지 않았으니 아직도 볼 수 있답니다. 이건 정말로 있었던 이야기예요.

미남과 야수

*Handsome
and the Beast*

옛날 옛적 멀고 먼 나라에 손대는 장사마다 성공해 큰돈을 벌어들인 상인이 살고 있었어요. 딸 여섯과 아들 여섯을 둔 어머니였는데, 아이들이 어렸을 때부터 사달라는 건 뭐든 사줬더니 그 돈도 그리 많은 건 아니었지요.

그런데 어느 날, 상상도 못 했던 불행이 닥치고 말았습니다. 집에 불이 난 거예요. 불은 순식간에 타올라 집에 있던 아름다운 가구며 책, 그림, 금, 은, 귀중품까지 홀라당 태워버렸어요. 이 사건은 고난의 시작에 불과했어요. 그동안 승승장구하던 어머니가 해적질과 난파, 화재로 소유했던 배를 전부 잃고 말았어요. 믿음이 두터웠던 직원들이 먼 외국에서 부정한 일을 저지른 사실도 드러났어요. 한때 대단한 거부였던 어머니는 끝내 비참할 만큼 가난한 신세로 곤두박질치게 되었습니다.

남은 거라고는 전에 살던 마을에서 100리는 떨어진 외진 곳의 자그만 집 한 채였어요. 이제부터 완전히 다른 삶을 살아야 한다는 생각에 가족 모두 깊은 절망감에 빠졌죠. 아들들은 집안이 부유했을 때 사귄 수많은 친구들이 서로 자신의 집에 머무르라고 하지 않을까 내심 기대했지만 그런 친구는 단 한 명도 없었어요. 오히려 너희 가족에게 닥친 불행은 그동안 너무 사치스럽게 살았기 때문이라는 손가락질까지 받으면서 주변의 어떤 도움도 얻을 수 없다는 것을 알게 되었지요. 그래서 완전히 빈털터리가 된 식구들은 좁은 집으로 떠날 수밖에 없었어요. 집은 어둑한 숲속 한가운데 있었고 세상에서 가장 우울한 장소처럼 보였어요. 하인을 고용할 돈도 없었기에 아들들은 소

작농처럼 열심히 일했고 딸들도 먹고 살기 위해 밭을 갈아야 했어요. 낡은 옷에 최소한의 물건으로만 살아가는 삶에 아들들은 끝도 없이 사치품을 사들이고 놀거리만 찾아다니던 시절을

후회했지요. 단, 막내아들은 이전처럼 씩씩하고 즐겁게 지내려고 했어요. 어머니에게 처음 불행이 닥쳤을 때 막내아들도 다른 식구들처럼 슬퍼했지만, 이내 타고난 유쾌한 성격으로 최선을 다해 어머니와 누나들을 위로했고 형들에게 함께 춤추고 노래하자며 졸랐어요. 하지만 형제들은 전혀 부응하지 않았지요. 형들은 막내가 자신들처럼 축 처져 있지 않자 이런 비참한 삶이 막내에게 잘 어울린다고 딱 잘라 말했어요. 사실 막내는 형제들보다 유난히 외모가 훤칠했고 머리가 좋았어요. 정말이지 어찌나 사랑스러운지 늘 미남이라고 불렸답니다.

2년 후, 가족 모두 이 삶에 익숙해지기 시작했을 무렵 평안한 일상을 뒤흔드는 사건이 일어났습니다. 어머니가 잃어버린 줄로만 알았던 배 한 척이 진귀한 물품을 가득 싣고 항구에 안전히 도착했다는 소식을 들은 거예요. 딸들과 아들들은 이 소식을 듣자마자 이제 가난은 끝났다며 당장 전에 살던 마을로 돌아가고 싶어 했어요. 하지만 신중한 어머니는 더 기다리라고 했어요. 수확 시기인 만큼 일은 확실히 해야 한다며 자신이 먼저 가서 조사해보겠다고 했습니다. 유일하게 막내아들인 미남만이 집안이 전처럼 금방 풍족해진다거나, 다시 친구를 사귀고

유흥을 즐길 만한 마을에서 편안
하게 살 수 있게 될 거라고 기대
하지 않았어요. 그래서 모두가
어머니에게 값비싼 보석과 양복

을 사달라고 부탁하는데도 미남만은 소용없을 거라는 믿음에
아무것도 요구하지 않았어요. 어머니가 잠자코 있는 막내를 보
고 물었어요.

"미남아, 너는 뭘 사다 줄까?"

미남은 "저는 어머니만 집에 무사히 오신다면 그걸로 만족합
니다"라고 대답했습니다.

이 대답을 들은 형들은 기분이 언짢았어요. 어머니께 그토록
비싼 물건을 부탁한 자신들을 비난하는 것 같았거든요. 어머니
는 그런 미남을 보고 흡족했지만 그래도 그 나이 때에는 예쁜
선물을 갖고 싶을 테니 하나 골라보라고 했어요.

막내는 조심스레 입을 떼고 이렇게 대답했어요. "어머니, 그
렇다면 장미를 한 송이 사다 주세요. 여기에 온 이후로 한 번도
못 봤거든요. 제가 장미를 굉장히 좋아하는 거 아시잖아요."

이후 어머니는 길을 나섰고 최대한 서둘러 마을에 도착했어

요. 하지만 안타깝게도 어머니가 죽었다고 여긴 직원들이 이미 선박에 실려 있던 물건을 서로 나누어 가진 후였지요. 6개월 동안 길에서 갖은 고생을 하고 나니, 결국 어머니의 주머니는 텅 비게 되었습니다. 남은 돈이라고는 집으로 돌아갈 경비가 전부였죠. 하필이면 날씨가 가장 나쁠 때 길을 떠나는 바람에 집에 거의 도착했을 때 즈음엔 추위와 피곤함에 녹초가 되었어요. 숲을 지나려면 몇 시간이 더 걸린다는 걸 알고 있었지만 서둘러 여행길을 마무리하고 싶은 마음에 계속 걸음을 옮기기로 결심했어요. 하지만 밤이 찾아왔고 높이 쌓인 눈과 맹렬한 추위에 어머니가 탄 말은 한 발자국도 앞으로 나갈 수 없었어요. 인가라고는 눈 씻고 찾아봐도 보이지 않았어요. 어머니가 쉴 수 있는 곳이라고는 커다란 아름드리나무의 움푹 파인 기둥밖에 없었어요. 그래서 밤새 구덩이에 쭈그리고 앉아 살면서 맞은 밤 중 가장 긴 밤을 보내야 했어요. 몸은 탈진할 듯 피곤했지만, 늑대들이 우는 소리에 잠을 이룰 수 없었지요. 마침내 아침 해가 떴을 때조차도 상황은 나아지지 않았어요. 밤새 내린 눈이 길이란 길은 모두 덮어버려 어느 길로 가야 할지조차 판단이 서지 않았어요.

고민 끝에 어머니는 그나마 길처럼 보이는 곳을 찾아가보기로 했어요. 첫발을 디뎠을 때는 길이 험하고 미끄러워 여러 번 넘어졌지만 이내 평탄해지기 시작했고 나무가 일렬로 늘어선 길에 들어서니 끝에 으리으리한 성이 한 채 보였어요. 가로수 길에는 눈도 쌓이지 않았고 꽃과 열매가 주렁주렁 열린 오렌지 나무 천지여서 정말 신기했지요. 성의 첫 번째 건물에 이르자 눈앞에 빛나는 마노로 만들어진 계단이 펼쳐졌어요. 계단을 올라가보니 호화로운 가구로 꽉 들어찬 방들이 연이어 나왔어요. 어머니는 기분 좋아지는 훈훈한 온기에 기운을 좀 차리고 나니 무척 배가 고파졌어요. 하지만 이렇게 거대하고 휘황찬란한 궁전에 먹을 걸 달라고 부탁할 사람은 한 명도 보이지 않았어요. 깊은 침묵만이 사방에 무겁게 내려앉아 있었죠. 텅 빈 방과 기다란 복도를 돌아다니다 기운이 빠진 어머니는 다른 방보다 좀 작은, 활활 타오르는 벽난로와 그 앞에 아늑해 보이는 소파가 있는 방에서 걸음을 멈췄습니다. 이건 틀림없이 방으로 올 누군가를 위해 준비한 것이라는 생각에 어머니는 앉아서 기다리기로 했어요. 그러다 이내 깊은 잠에 빠져들었습니다.

몇 시간이 흘러 굶주린 배의 아우성에 잠이 깼지만, 여전히 주변에는 아무도 없었어요. 그런데 바로 옆에 놓인 식탁에 진수성찬이 잔뜩 차려져 있는 게 아니겠어요. 24시간 동안 아무것도 먹지 못한 어머니는 누군지 몰라도 이렇게 사려 깊은 사람에게 곧 감사를 표할 기회가 있길 바라며 정신없이 달려들어 먹기 시작했어요. 하지만 아무도 나타나지 않았죠. 어머니는 또다시 긴 잠을 자고 완전히 몸을 회복해서 깼는데도 여전히 사람의 흔적이라고는 찾아볼 수 없었어요. 팔꿈치 옆에 놓인 작은 식탁에 깜찍한 케이크와 신선한 과일만 놓여 있었어요. 타고나길 조심성 많은 어머니는 죽은 듯한 침묵에 서서히 겁이 나기 시작했어요. 그래서 다시 한번 모든 방을 샅샅이 훑어보기로 했지요. 하지만 여전히 사람은 찾을 수 없었습니다.

심지어 하인도 한 명 보이지 않았어요. 성에 생명의 온기라고는 전혀 없었지요! 어머니는 이제 무얼 해야 할지 고민하다가 재미로 눈에 보이는 값비싼 물건들이 전부 자기 거라는 시늉을 하며 자식

들에게 어떻게 나눠줄지 상상해보았어요. 다음으로 정원에 내려가보니, 주위는 온통 추운 겨울이었지만 해는 반짝반짝 빛났고 새는 재잘재잘 노래하고 꽃은 활짝 피었고 바람은 부드럽게 살랑댔어요. 사방을 둘러보고 환상적인 기분에 사로잡힌 어머니는 이렇게 중얼거렸어요.

"이건 다 분명히 나를 위한 걸 거야. 당장 가서 아이들을 데려와 다 같이 즐겨야겠어."

어머니는 성에 막 도착했을 때 추위로 몸이 벌벌 떨리고 녹초가 된 상태였어도 말을 마구간으로 데려가 먹이를 먹였어요. 이제 다시 말에 안장을 얹고 집으로 출발해도 될 거 같아 마구간으로 발걸음을 옮겼지요. 그 길은 양쪽으로 풍성한 장미가 울타리를 이루고 있었어요. 그토록 탐스럽고 향기로운 장미는 처음이었어요. 문득 미남의 부탁이 떠올라 걸음을 멈추고 장미

한 송이를 꺾었어요. 그때, 뒤에서 이상한 소리가 들려왔습니다. 움찔 놀라 뒤돌아보니 무시무시하게 생긴 야수가 서 있는 게 아니겠어요. 잔뜩 화가 난 표정이었죠. 목소리도 끔찍했어요.

"누가 내 장미를 가져가도 된다고 했지? 내 성에서 재워주고 친절하게 대해준 거로는 부족하다는 거요? 내 호의에 이렇게 보답하는 게 당신의 방법인가? 내 장미를 훔치는 게! 이런 무례한 행동은 벌을 받아야 해."

어머니는 야수의 포효에 겁에 질려 소중한 장미를 떨어뜨리며 털썩 무릎을 꿇었어요. "고귀한 부인이시여, 용서해주세요. 친절을 베풀어주셔서 정말 감사하게 생각합니다. 워낙 넉넉히 주셨기에 장미 한 송이 정도는 가져가도 화내실 거라고 생각하지 못했습니다."

하지만 야수는 이 말을 들어도 전혀 화가 가라앉지 않았어요. "당신은 입만 열면 핑계와 아부를 댈 거 같군." 야수가 큰소리쳤어요. "그래도 마땅히 맞아야 할 죽음을 피할 수는 없을 것이오."

상황이 이렇게 되자 어머니는 이런 생각이 들었어요. '아! 미

남이 자기 부탁 때문에 나에게 이런 일이 닥친 걸 알게 된다면 무척 슬퍼할 텐데!'

절망감에 사로잡힌 어머니는 야수에게 지금까지 겪은 힘든 일들을 털어놓기 시작했어요. 이 여행길에 오른 이유와 미남의 부탁을 얘기하는 것도 잊지 않았지요.

"저에게 엄청나게 큰돈이 있더라도 아들들이 사달란 걸 다 사줄 수 없을 겁니다. 하지만 적어도 미남이 부탁한 장미는 구해다 줄 수 있을 거 같았어요. 주인님의 감정을 상하게 해드릴 생각은 추호도 없었습니다. 제발 저를 용서해주세요."

야수는 잠시 생각하더니 화가 약간 누그러든 목소리로 말했습니다.

"용서해주겠지만 조건이 하나 있소. 아들 중 하나를 나에게 데려오시오."

"아!" 어머니의 입에서 외마디 탄식이 흘러나왔습니다. "제가 아들의 목숨값으로 제 목숨을 구할 정도로 무자비해질 수 있을까요. 설령 그렇더라도 도대체 무슨 명분을 내세워 아들을 여기로 데려올 수 있겠습니까?"

"그런 거 내세울 필요 없소. 이곳에 올 거라면 반드시 자신의

의지로 와야 하니까. 그렇지 않으면 내가 받아주지 않을 것이
오. 아들 중 누가 당신의 생명을 대신할 정도로 당신을 아끼고
용맹한지 한번 보시오. 정직한 여성 같으니, 곧장 집으로 갈 거
라고 믿겠소. 한 달의 시간을 줄 테니 당신을 풀어주기 위해 누
가 여기로 와서 나와 함께 살지 알아보시오. 아들 중 누구도 오
지 않겠다면 자녀들에게 다시는 만나지 못할 거라고 작별 인사
를 한 다음 반드시 혼자 돌아오시오. 그러면 당신은 내 소유가
되는 거지. 내게서 도망칠 수 있다는 생각은 버리시오. 당신이
약속을 지키지 않는다면 내가 직접 가서 당신을 잡아 올 테니
까!" 야수는 엄숙한 목소리로 이렇게 덧붙였어요.

어머니는 이 제안을 받아들였습니다. 비록 아들 중 그 누구
도 설득할 수 있을 거라고는 생각지 않았지만요. 허락받은 시
간 내로 돌아오겠다고 다짐한 다음, 얼른 벗어나고 싶은 마음
에 당장 떠나도 되냐고 물었어요. 하지만 야수는 다음 날 출발
할 수 있다고 말했죠.

"내일 말이 준비되어 있을 것이오. 이제 가서 저녁을 먹고 내
명령을 기다리시오."

딱한 처지에 놓인 어머니는 목숨은 건졌지만 제대로 숨을 쉴

수 없었어요. 방으로 돌아가니 이글이글 타는 벽난로 앞에 이제껏 본 적도 없는 먹음직스러운 음식이 차려져 있었습니다. 목으로 음식을 넘기기에는 너무 겁에 질린 상태였지만 그래도 조금 먹긴 했어요. 야수가 시키는 대로 하지 않았다가 또 화를 당할까 무서웠거든요. 식사를 마쳤는데 옆방에서 요란한 소리가 들렸어요. 야수가 돌아왔다는 뜻이었죠. 야수와 마주치지 않기 위해 할 수 있는 일은 아무것도 없으니 그저 최대한 두려워하지 않으려고 애쓰는 수밖에 없었어요. 그래서 야수가 등장해 저녁을 잘 먹었냐고 무뚝뚝하게 묻자 어머니는 주인의 친절함 덕분에 잘 먹었다고 공손히 대답했습니다. 그러자 야수는 반드시 약속을 지키라고, 또 아들에게 지침을 정확히 일러주라고 경고했지요.

"내일 아침 태양이 뜨고 황금종이 울리면 그때 일어나시오. 그러면 이 방에 아침 식사가 차려져 있을 테고 마당에는 타고 갈 말이 준비되어 있을 것이오. 한 달 후, 똑같은 말이 당신과 아들을 이곳으로 데려올 것이오. 그럼, 잘 가시오. 미남에게 줄 장미를 한 송이 가져가도 좋소. 약속을 잊지 마시오!"

야수가 이렇게 말하고는 눈앞에서 사라지자 어머니의 마음이 한결 가벼워졌어요. 비록 서글픈 심정을 억누르느라 잠을 이룰 수는 없었지만, 태양이 뜰 때까지 계속 누워 있었지요. 그리고 아침을 대충 먹은 다음 미남에게 줄 장미를 한 송이 꺾고 말 안장에 올랐어요. 말이 어찌나 날래게 뛰는지 순식간에 궁전이 눈앞에서 사라졌지요. 드디어 집 문 앞에 도착했지만, 어머니의 마음은 여전히 근심으로 가득했어요.

오랫동안 기다려도 오지 않는 어머니 생각에 불안에 떨던 딸들과 아들들이 우당탕 뛰어나와 여행에서 돌아온 어머니를 맞았습니다. 화려하게 장식한 말에 앉아 값비싼 외투로 몸을 감싼 어머니를 기대하면서요. 어머니는 처음에는 사실을 털어놓지 않았어요. 그저 슬픔에 잠긴 목소리로 미남에게 장미꽃만 내밀었습니다.

"자, 여기 네가 부탁했던 장미를 가져왔단다. 이걸 구하기 위해 무슨 일을 겪어야 했는지 모를 거다."

이 말에 다들 궁금함을 참지 못하고 크게 흥분하는 바람에 어머니는 여행 중에 일어났던 일을 처음부터 끝까지 전부 실토해야 했답니다. 어머니의 말을 듣고는 모두 비탄에 잠겼습니다. 아들들은 희망이 완전히 사라졌다며 한탄했고 딸들은 어머니에게 그 끔찍한 성으로 돌아가면 안 된다고 신신당부하면서 야수가 어머니를 잡으러 온다면 야수를 어떻게 죽일지 계획을 세우기 시작했어요. 하지만 어머니는 이미 돌아가기로 약속했다고 달랬지요. 그러자 아들들은 일제히 미남을 탓하기 시작했어요. 이건 전부 미남의 잘못이고 상식에 맞는 선물을 사달라고 했으면 이런 일이 일어나지 않았을 거라며 불같이 화를 냈어요. 미남의 어리석음 때문에 자신들이 고생하게 생겼다며 몰아붙였어요.

난처해진 미남은 마음이 심히 괴로웠습니다.

"제가 정말, 큰 잘못을 저지른 셈입니다. 하지만 저도 이런 일이 일어날 줄은 꿈에도 몰랐어요. 한여름에 장미 한 송이를 가져와달라는 부탁이 이렇게 커다란 불행을 가져올지 어떻게 알았겠어요? 하지만 제가 이런 상황을 만들었으니 책임을 져야겠지요. 그러니까 약속을 지키기 위해 제가 어머니와 성으로 가겠습니다."

처음에는 아무도 이 말에 찬성하지 않았어요. 어머니도 누나들도 막내인 미남을 끔찍이 아꼈기 때문이죠. 무슨 일이 있어도 미남을 보내지 않겠다고 선언했어요. 하지만 미남은 요지부동이었어요. 약속한 한 달이 흐르는 동안 미남은 자신이 갖고 있던 소박한 물건들을 형들에게 나눠주고 사랑하는 가족에게 작별 인사를 했어요. 마침내 운명의 날이 다가오자 어머니가 타고 왔던 말에 둘이 함께 올랐어요. 미남은 어머니를 위로하고 용기를 북돋아주었어요. 말은 쏜살같이 달린다기보다 마치 날아가는 듯했어요. 하지만 아주 부드럽게 달렸기 때문에 미남은 무섭진 않았어요. 성에 도착하면 무슨 일이 닥칠지 두렵지만 않았다면, 여행길을 진심으로 즐길 수도 있을 거 같았죠. 어머니는 여전히 미남의 마음을 돌리려 애썼지만 아무 소용없었어요. 둘이 옥신각신하는 사이 밤이 되었어요. 그런데 정말 놀랍게도 휘황찬란한 빛이 사방에서 쏟아지더니 눈앞에서 화려한 불꽃놀이가 펼쳐졌어요. 비록 살이 애는 듯한 추위였지만 온 숲이 불빛에 반짝여서 아늑한 느낌마저 들었어요. 이런 느낌은 활활 타는 횃불을 든 동상이 서 있는 오렌지나무 길로 접어들 때까지 이어졌어요. 성에 가까이 가니 지붕부터 바닥까지 전부 반짝였고 마당에는 감미로운 음악이 흘러나왔어요.

"야수가 진짜 배고픈가 보네요." 미남은 분위기를 밝게 하려고 애썼어요. "드디어 먹이가 도착해서 신이 났나봐요."

불안한 마음이 들긴 했지만, 미남은 눈앞에 펼쳐진 진귀한 광경에 감탄하지 않을 수 없었지요.

말이 테라스로 올라가는 계단 밑에서 걸음을 멈추자 둘은 말에서 내렸어요. 어머니가 전에 머물렀던 방으로 아들을 데리고 가니 벽난로에서는 불이 아름답게 어른거렸고 식탁에는 입맛 돋는 식사가 차려져 있었습니다.

어머니는 이게 무슨 뜻인지 알아차렸어요. 셀 수 없이 많은 방을 지나오는 동안 야수의 그림자도 보지 못한 미남은 마음이 좀 놓여 허겁지겁 음식을 먹기 시작했어요. 긴 여정 동안 말을 타느라 몹시 허기졌거든요. 하지만 둘이 식사를 채 마치지도 못했는데 야수의 발걸음 소리가 들려왔어요. 미남은 공포에 질려 어머니의 팔을 붙잡고 늘어졌죠. 막상 무시무시하게 생긴 야수를 두 눈으로 직접 보니 공포가 극에 달했어요. 야수가 두 사람 앞에 완전히 모습을 드러내자 미남은 충격에 몸을 떨었지만 그래도 마음을 다잡고 정중하게 인사했어요.

이 행동에 야수는 매우 흡족해했어요.

"나이 지긋한 여인이여, 안녕하셨소. 미남이라고 했나. 안녕하시오."

세상에서 가장 용감한 사람이라도 질겁하게 만드는 목소리였지만 그래도 화난 거 같지는 않았어요. 어머니는 너무 무서워 제대로 대답도 하지 못했지만, 미남은 친절히 대답했습니다. "야수님, 안녕하십니까."

"본인이 오겠다고 해서 온 거요? 어머니가 돌아간 후 여기에 혼자 살아도 괜찮겠소?"

미남은 마음의 준비를 하고 왔다고 씩씩하게 대답했습니다.

"그거 잘됐군. 자진해서 온 거니까 이 성에서 지내도 좋소." 야수가 어머니를 돌아보았어요. "당신은 내일 해가 뜨면 출발하시오. 종이 울리면 바로 일어나 아침 식사를 하시오. 집에 데려다줄 똑같은 말이 준비되어 있을 거요. 하지만 다시는 내 성을 볼 수 없을 것이오."

그리고는 미남을 돌아보았어요.

"어머니를 모시고 옆방으로 가서 누나들과 형들이 좋아할 만한 물건을 골라보시오. 거기 보면 여행 가방이 두 개 있을 테니 채울 수 있을 만큼 채우시오. 당신을 추억할 수 있을 만한 귀중한 물건을 골라야겠지. 자, 그럼 이만 가보겠소. 잘 가시오."

야수는 마지막으로 이렇게 말하고 가버렸습니다. 미남은 어머니가 떠난다고 생각하면 하늘이 무너져 내리는 거 같았지만 야수의 명령을 어기는 건 두려웠어요. 둘이 들어간 옆방은 진귀한 물건이 든 선반과 찬장으로 빙 둘러싸여 있었어요. 어찌나 화려한지 입이 다물어지지 않았어요. 왕이 입을 법한 화려한 의복과 그에 걸맞은 장신구들이 잔뜩 있었거든요. 찬장을 열자 선반마다 쌓여 있는 굉장한 보석에 정신이 아찔해질 지경이었어요. 어머니와 미남은 신중하게 물건을 고른 다음 형제들의 몫으로 나눠보았어요. 각자에 어울릴 만한 화려한 양복을 잔뜩 골랐어요. 그런데 미남이 마지막 서랍장을 열었더니 금이 잔뜩 쌓여 있는 게 아니겠어요.

"어머니, 금이 훨씬 더 쓸모 있을 거 같아요. 다른 물건은 다 빼내고 금으로 가방을 채우는 게 낫겠어요." 둘은 그렇게 했어요. 하지만 금을 잔뜩 넣었는데도 더 넣을 수 있는 공간이 남아, 둘은 빼냈던 보석과 의복을 다시 전부 넣고 심지어 보석을 한 아름 더 들고 와서 넣었어요. 그래도 가방이 꽉 차지 않았어요. 하지만 어찌나 무거운지 코끼리도 들 수 없을 거 같았죠!

"야수가 수작을 부리는 게야." 어머니가 소리 질렀어요. "내가 가방을 들지 못할 걸 알고 이 물건을 다 주는 것처럼 군 거 아니냐."

미남이 어머니를 달랬어요. "어머니, 일단 기다려보죠. 우리를 놀리려고 그런 거 같진 않아요. 우리는 가방을 단단히 여민 다음 준비만 해놓으면 돼요."

그래서 어머니와 아들은 가방을 닫고 다시 작은 방으로 돌아갔습니다. 그랬더니 세상에, 벌써 아침 식사가 준비된 게 아니겠어요. 어머니는 식욕이 돋아 맛있게 먹었어요. 야수의 너그러운 마음 씀씀이를 보니, 머지않아 성으로 돌아와 어쩌면 미남을 다시 만날 수도 있지 않을까 싶었거든요. 하지만 미남은 어머니를 이제 영원히 볼 수 없다는 확신이 들었어요. 그래서 종이 정확히 두 번 땡땡 울리며 헤어질 시간이 되었다고 경고하자 참담한 기분이 들었어요. 어머니와 미남이 마당으로 내려가자 말 두 마리가 서 있

는 게 보였어요. 한 마리는 두 개의 여행 가방을 싣기 위한 것이었고 다른 한 마리는 어머니가 타고 갈 말이었죠. 얼른 달리고 싶은 말들이 말굽으로 어찌나 땅을 긁어대는지 어머니는 미남에게 정신없이 작별 인사를 해야 했어요. 말은 어머니를 태우자마자 쏜살같이 달리기 시작해 눈 깜짝할 사이에 사라졌어요. 그러자 미남은 눈물을 뚝뚝 흘리며 이루 말할 수 없는 슬픔에 잠겨 방으로 터덜터덜 돌아갔지요. 그저 침대에 몸을 누이고 곧장 잠드는 게 제일 나을 것 같았어요.

미남은 꿈을 꾸었어요. 양쪽으로 나무가 늘어선 개울가를 걸으며 불행한 운명을 한탄하고 있는데 살면서 본 사람 중 가장 아름다운 공주가 다가오더니 그의 마음을 사로잡는 목소리로 이렇게 말했어요.

"저런, 미남님! 생각하는 것처럼 그렇게 불행한 일은 아니랍니다. 다른 데서 겪었던 그 모든 일에 대해 보상을 받게 될 거예요. 당신의 소원이 전부 이뤄질 겁니다. 제가 당신을 진심으로 사랑하고 있으니 제가 어떤 모습으로 변장하고 있더라도 저를 찾아내기만 하세요. 저를 행복하게 해준다면 당신도 행복해질 거랍니다. 당신의 아름다운 외모만큼 마음도 아름답게 진심으로 대해주세요. 그러면 더는 바랄 게 없을 거예요."

미남이 물었어요. "공주님, 당신을 행복하게 하려면 제가 무엇을 해야 하나요?"

"그저 감사하는 마음만 가지면 됩니다. 눈에 보이는 걸 너무 믿지 마세요. 무엇보다 불행한 운명에서 저를 구할 때까지 부디 저를 버리지 말아주세요."

미남이 문득 주변을 둘러보니 우아하고 멋진 신사가 옆에 서 있었습니다.

"친애하는 미남님, 두고 온 것들을 너무 그리워하지 마십시오. 더 좋은 운명이 기다리고 있으니까요. 다만 겉모습에 속지만 말아주십시오."

미남은 꿈이 너무 신기해서 서둘러 깨고 싶지 않았지만 이내 그의 이름을 열두 번 부드럽게 부르는 시계 소리에 잠에서 깨

미남과 야수

어났어요. 일어나보니 화장대에 한 번이라도 입어봤으면 했던 아름다운 옷이 가지런히 놓여 있었습니다. 씻고 나왔더니 옆방에 식사가 차려져 있었어요. 하지만 혼자 먹으려니 식사 시간은 그리 길지 않았죠. 곧 구석에 놓인 소파에 편안하게 몸을 묻고 꿈에서 봤던 매력적인 공주를 스르륵 떠올렸어요.

"내가 공주를 행복하게 해줄 수 있다고 했는데." 미남은 혼자 중얼거렸어요. "보아하니, 저 끔찍한 야수가 공주를 가둬둔 거 같은데, 내가 어떻게 풀어주지? 왜 공주와 신사 모두 나에게 겉모습을 믿지 말라고 한 걸까? 무슨 말인지 모르겠어. 그래도 뭐, 꿈일 뿐인데 너무 고민할 필요는 없지. 가서 재밌는 일이 없나 찾아보는 게 낫겠다."

미남은 일어나서 성에 있는 수많은 방을 구경하기 시작했어요.

첫 번째 방은 거울이 일렬로 달려 있었죠. 미남은 모든 각도의 거울로 자신의 모습을 바라보면서 이렇게 아름다운 방은 처음 본다며 감탄했어요. 그때 샹들리에에 걸린 팔찌가 눈에 들어왔어요. 팔찌를 살펴보던 미남은 깜짝 놀랐지요. 안에 조그만 사진이 들어 있었는데 다름 아닌 꿈에서 만났던, 흠모해 마지않는 공주의 사진이 들어 있는 게 아니겠어요. 너무 반가운 마음에 미남은 팔찌를 팔에 차고 그림이 걸린 갤러리로 들어섰어요. 그런데 그 아름다운 공주의 초상화가 실물 크기로 커다랗게 걸려 있었어요. 그림이 어찌나 훌륭한지 자세히 뜯어보니 공주가 다정하게 미소 짓는 것만 같았어요. 겨우겨우 초상화에서 몸을 떼어낸 미남은 세상에 존재하는 악기란 악기가 다 모여 있는 방을 보게 됐어요. 거기서 이런저런 악기를 연주해보고 지칠 때까지 노래를 부르며 한동안 시간을 보냈죠. 다음 방은 서재였어요. 방에는 이미 읽었던 책뿐만 아니라 읽고 싶었던 책도 모두 보였어요. 책이 어찌나 많은지 책의 제목만 평생 읽어도 다 못 읽을 거 같았어요. 그때 즈음 점점 땅거미가 지기 시작했어요. 방마다 놓인 다이아몬드와 루비로 장식된 촛대의 양초에 하나둘 불이 밝혀졌지요.

저녁 식사 생각이 난 미남이 방에 가보니 마침 음식이 차려져 있었어요. 하지만 인기척은커녕, 그 어떤 소리도 듣지 못했어요. 어머니가 일러준 대로 정말 혼자 지내게 될 거라는 생각이 들자 좀 따분해지기 시작했어요.

하지만 이내 야수가 오는 소리가 들리자 이제 자신을 잡아먹으려나 보다 하는 생각에 몸이 덜덜 떨려왔어요.

그러나 야수는 전혀 흉악스러워 보이지 않았고 그저 딱딱한 말투로 이렇게만 말했어요.

"잘 지냈소?"

미남은 두려운 마음을 겨우 감추고 밝게 대답했어요. 그러자 야수는 뭘 하며 지냈는지 물었고 미남은 자신이 구경했던 방에 관해 이야기했어요.

야수는 미남이 성에서 행복하게 지낼 수 있겠냐고 물었지요. 그래서 미남은 모든 게 너무 아름다워서 행복하게 지내지 않는 게 오히려 더 힘들겠다고 대답했어요. 둘은 한 시간 정도 대화를 나눴어요. 미남은 야수가 처음에 봤던 것처럼 그렇게 끔찍하지 않다는 생각이 들기 시작했어요. 그런데 야수가 일어나더니 거친 목소리로 이렇게 묻는 거예요.

"나를 사랑하시오? 나와 결혼해주겠소?"

미남은 깜짝 놀라 외쳤어요. "오! 뭐라고 대답해야 할지요." 거절하면 야수가 화를 낼까 두려웠거든요.

"그저 무서워 말고 '네', '아니오'로만 대답하시오."

"아, 야수님! 난 못 합니다." 미남이 성급히 대답했어요.

"그렇군. 그럼, 안녕히 주무시오."

"안녕히 주무십시오." 미남은 자신이 거절했는데도 야수가 버럭 화내지 않아 어찌나 마음이 놓였는지 모른답니다. 야수가 사라지고 나자 곧 침대에 들어 잠에 빠졌어요. 또 정체를 알 수 없는 공주의 꿈을 꾸었죠. 공주는 미남에게 다가오더니 이렇게 말했어요.

"미남님! 왜 저에게 그토록 매정하신가요? 저는 앞으로도 긴 세월 동안 계속 불행해야 할 운명일까 두렵습니다."

그리고 꿈이 바뀌었어요. 하지만 모든 꿈에 그 매력적인 공주가 등장했지요. 아침이 밝자 미남은 제일 먼저 공주의 초상화를 보러 가야겠다는 생각이 들었어요. 정말 그녀인지 뚫어져라 쳐다보니 확실히 그녀가 맞았습니다.

그날 아침은 정원에서 시간을 보내기로 했어요. 해가 반짝이고 분수는 신나게 물을 뿜어댔어요. 그런데 문득 이 모든 걸 어디선가 본 듯한 느낌이 들었어요. 무성한 머틀허브나무와 졸졸 흐르는 개울을 보니 그곳은 다름 아닌 꿈에서 공주를 처음 만났던 장소였어요. 생각이 여기에 미치자 미남은 공주가 분명 야수의 죄수로 감옥에 갇혀 있는 게 틀림없다고 확신하였어요. 한참을 걷고 나자 피곤해진 미남은 궁으로 돌아갔어요. 그러다

문득 처음 보는 방을 발견했는데 그 방에는 리본을 만드는 천, 꽃을 만 드는 실크 등 온갖 재료가 가득했어 요. 방에 있는 새장에는 온갖 희귀 한 새들 천지였지요. 새들은 어찌나 훈련이 잘되어 있는지 가까이 다가 가자 미남에게 날아들어 어깨와 머리에 살포시 앉았어요.

"정말 예쁘구나. 이 새장이 내 방 근처에 있다면 너희가 노래 하는 걸 자주 들을 수 있을 텐데!"

미남은 이렇게 말하면서 방문을 하나 열어보았어요. 그런데 다름 아닌 그의 방으로 연결되는 게 아니겠어요. 분명 성의 반 대 방향이었는데 말이에요.

더 멀리 떨어진 방에는 새들이 더 많았어요. 말할 줄 아는 앵 무새들이 '미남'이라고 부르며 인사를 건넸어요. 너무 신기해서 미남은 새를 한두 마리 방으로 데려가기까지 했답니다. 앵무새 들은 미남이 저녁을 먹는 동안 말을 걸기도 했어요. 저녁이 되 자 야수가 어김없이 찾아왔지요. 그리고 전날과 똑같은 질문을 던졌고 텁텁한 목소리로 "그럼 쉬시오" 하고 방을 나갔어요.

미남은 침대에 누워 신비로운 공주가 꿈에 또 나타나길 바랐어요. 매일 이런 식으로 즐길 거리를 찾으면서 지내자, 시간은 점점 빨리 흘러갔습니다.

그러던 어느 날, 미남은 성에서 이상한 점을 또 하나 발견했어요. 혼자 지내는 게 지칠 때 즈음 되면 미남을 즐겁게 해주는 일들이 생겨난다는 거였죠. 전에는 미처 보지 못했던 방이 하나 있었어요. 창문마다 놓인 아주 편안해 보이는 의자를 제외하면 텅 빈 방이었지요. 처음 창밖을 내다봤을 때는 마치 검은 커튼이 막고 있는 듯 아무것도 보이지 않았어요. 하지만 그 방에 두 번째 들어갔을 때는 무척 피곤해서 의자에 푹 주저앉았어요. 그러자 즉시 커튼이 둘둘 말려 올라가더니 정말 재밌는 팬터마임 공연이 시작되었습니다. 화려한 조명과 음악에 맞춰 예쁜 의상을 입고 춤을 추는 공연이 어찌나 재미있는지 미남은 황홀할 정도로 즐거웠어요. 그 후 다른 일곱 개의 창문을 차례로 들여다볼 때마다 새롭고 놀라운 공연이 펼쳐졌어요. 그래서 미남은 외롭다고 생각할 겨를이 없었답니다. 저녁 식사를 마치면 야수가 늘 미남에게 와서 특유의 끔찍한 목소리로 잘 자라고 인사하기 전에 똑같은 질문을 던졌어요.

"미남이여, 나와 결혼하겠소?"

이제 야수가 친숙해진 미남이 바로 "아니오"라고 대답하면 야수는 우울한 표정으로 방을 나갔습니다. 하지만 미남은 꿈속에서 아름다운 공주를 만날 수 있어 안타까운 야수는 금방 잊을 수 있었어요. 미남의 마음을 유일하게 어지럽혔던 건 겉모습을 믿지 말라는 공주의 반복되는 말이었어요. 마음이 가는 대로 따라야지 눈을 믿지 말라는 거였지요. 성에서 일어나는 다른 신기한 일들도 이해가 안 가기는 마찬가지였어요.

긴 시간 동안 미남은 이렇게 행복하게 지냈지만, 이윽고 어머니와 누나들, 형들이 보고 싶어졌어요. 어느 날 밤, 미남의 어두운 표정을 보고 야수가 무슨 일이냐고 물었어요. 미남은 더는 야수가 무섭다고 느껴지지 않았지요. 무시무시한 외모와 투박한 목소리를 갖고 있긴 했지만, 사실은 부드러운 사람이라는 걸 알게 되었거든요. 그래서 미남은 한 번만 집에 가보고 싶다고 솔직히 말했어요. 이 말을 듣자 야수는 크게 낙담한 듯 괴로운 목소리로 외쳤어요.

"아! 나같이 이렇게 불행한 야수를 저버리겠다는 거요? 더는 어떻게 해야 당신을 행복하게 할 수 있겠소? 탈출하고 싶을 정도로 내가 싫은 거요?"

"아닙니다, 친애하는 야수님." 미남이 조용히 대답했어요. "당신을 싫어하지 않아요. 당신을 다시 못 본다면 아주 슬플 겁니다. 하지만 어머니가 그리워요. 두 달만 시간을 주면 반드시 돌아와 평생 여기서 살겠습니다."

야수는 미남의 말에 땅이 꺼지도록 깊은 한숨을 내뱉었어요.

"당신이 뭘 요구하든 거절할 수가 없군. 내 생명이 걸린 일이라고 해도 말이오. 당신 방 옆방에 상자가 네 개 있을 거요. 가지고 가고 싶은 물건으로 채우시오. 하지만 두 달이 지나면 돌아와야 한다는 말을 지키시오. 제시간에 오지 않으면 후회하게 될 거요. 당신의 충실한 야수가 죽어 있을 테니 말이오. 올 때는 마차 같은 건 필요 없겠지. 떠나기 전날 밤, 가족에게 작별인사를 하고 침대에 누워 손가락에 낀 반지를 돌리며 이렇게 힘주어 말하시오. '성으로 다시 돌아가 야수를 보고 싶구나.' 그럼 안녕히 주무시오. 두려워 말고 편안하게 쉬시오. 머지않아 어머니를 다시 만날 수 있을 테니."

미남은 방에 혼자 남겨지자마자 주변에 있던 진귀하고 값비싼 물건들을 상자에 가득 담았습니다. 상자를 다 채우느라 지칠 정도였어요.

침대에 누웠지만 들뜬 마음
에 쉽게 잠이 오지 않았어요.

오늘도 꿈에 사랑하는 공주
가 나왔습니다. 그런데 웬일인
지 평소와는 전혀 다른 어두운 표정으로 강가 풀밭에 축 늘어
져 있었어요.

"무슨 일이오?" 미남이 놀라 물었죠.

하지만 공주는 비난하는 듯한 눈길로 미남을 쳐다보았어요.

"잔인한 사람, 어떻게 그런 걸 요구할 수 있어요? 저를 그냥
죽게 내버려둘 건가요?"

"오! 그렇게 서운해하지 마세요. 나는 그저 어머니에게 내가
안전하고 행복하게 잘 지낸다고 안심시키려고 가는 것일 뿐입
니다. 야수에게 반드시 돌아오겠다고 약속했어요. 내가 약속을
어긴다면 야수는 슬픔을 이기지 못하고 죽고 말 거예요!"

"그게 왜 중요하지요? 전혀 안중에도 없는 거 아닌가요?"

"그렇지 않소. 그토록 친절한 야수에게 잘해주지 않는다면
나는 정말 은혜를 모르는 사람입니다." 미남은 억울하다는 듯

외쳤습니다. "그녀에게서 고통을 덜어줄 수 있다면 내가 죽어도 좋아요. 그녀가 그토록 험악하게 생긴 건 절대 그녀 탓이 아니랍니다."

바로 그 순간, 이상한 소리에 잠이 깼어요. 멀지 않은 곳에서 웅성거리는 소리가 들렸지요. 미남이 눈을 뜨자 전에 와본 적이 없는 낯선 방에 있다는 걸 깨달았어요. 야수의 궁전처럼 그렇게 웅장한 방이 아니었지요. 여기가 어디일까요? 미남은 몸을 일으켜 허둥지둥 옷을 입었어요. 그랬더니 전날 밤 싸두었던 상자들이 전부 방에 있는 거 아니겠어요. 야수가 어떤 마법을 부려 자신과 상자를 이 낯선 곳으로 이동시켰나 어리둥절한 사이, 난데없이 어머니의 목소리가 들렸습니다. 미남은 방을 뛰쳐나가 어머니를 보고 뛸 듯이 기뻐하며 인사했어요. 누나들과 형들은 막내를 보고 너무 놀라 뒤로 넘어갈 지경이었죠. 다시는 못 보는 줄 알았거든요.

미남에게 질문이 끝도 없이 날아왔습니다. 미남도 집을 비운 사이 집안에 무슨 일이 있었는지, 어머니의 여행길은 어땠는지 궁금한 게 무척 많았죠. 하지만 미남이 잠시 머물러 온 것이고 다시 야수의 성으로 영원히 살러 가야 한다고 하자 식구들은 울음을 터트렸어요. 미남은 어머니에게 자신이 꾸는 이상한 꿈이 무슨 뜻인지, 왜 공주가 끈질기게 외모를 보지 말라고 애걸복걸하는지 물어보았어요. 어머니는 한참 골똘히 생각하더니 이렇게 대답했어요.

"야수가 무섭게 생기긴 했어도 너를 끔찍이 사랑한다고 했지. 야수의 친절함과 관대함은 너의 사랑과 감사를 받을 만하고도 했고. 공주가 한 말은 야수가 끔찍하게 생기긴 했어도 야수의 소원을 네가 들어줘서 보답해야 한다는 말이 아닐까."

미남은 어머니의 말이 옳다고 생각했어요. 그래도 너무나 흠모하는 아름다운 공주를 떠올리면 야수와 결혼하고 싶은 마음은 눈곱만큼도 들지 않았지요. 어쨌든 두 달 동안은 결정하지 않아도 되니 형제들과 즐겁게 지내기로 했어요. 집안은 다시 부유해져 좋은 마을에 살았고 친구들도 많이 생겼어요. 하지만 미남은 그 어떤 재밌는 일에도 별로 흥미를 느끼지 못했어요. 툭하면 야수가 있는 궁전이 생각났고 특히 집에서는 공주의 꿈을 단 한 번도 꾸지 않아 무척 우울했습니다.

형들은 막내가 없는 생활에 이미 익숙해져 있었고 오히려 귀찮아하는 것 같았어요. 두 달 뒤 다시 떠나도 별로 섭섭해하지 않을 거 같았지요. 하시만 어머니와 누나들은 달랐어요. 미남에게 집에서 계속 살자고 애원해 차마 작별 인사를 할 용기가 나지 않았어요. 아침에 일어날 때마다 밤이 되면 인사를 해야겠다고 마음먹었지만, 막상 밤이 되면 또 미루고 말았답니다. 그러다가 음울한 꿈을 꾸게 되었어요. 미남이 궁궐 정원을 따라 난 한적한 길을 걷고 있었어요. 그때 수풀 뒤에서 신음 소리가 들려왔어요. 수풀을 살펴보니 어떤 동굴의 입구가 숨겨져 있었어요. 미남은 무슨 일인지 확인하려고 얼른 달려갔어요. 그랬더니 야수가 옆으로 쓰러진 채 죽어가고 있었어요. 야수는 이런 고통을 안긴 미남을 힘없이 바라보았습니다. 동시에 우아한 신사가 나타나더니 굉장히 엄숙한 목소리로 이렇게 말했어요.

"아! 미남이여, 약속한 시간이 다 되어서야 야수의 목숨을 구하려고 나타났군요. 약속을 지키지 않으면 무슨 일이 일어나는지 이제 알겠소? 하루만 더 늦었더라면 그녀가 죽었을 겁니다."

미남과 야수

이런 꿈을 꾸고 마음이 너무나 불안해진 미남은 다음 날 아침이 되자 즉시 돌아가겠다고 힘주어 말했습니다. 그날 밤, 어머니와 형제들에게 작별 인사를 건넸지요. 그리고 침대에 눕자마자 반지를 돌리며 엄숙한 목소리로 말했어요.

"성으로 다시 돌아가 야수를 보고 싶구나." 야수가 시킨 그대로였어요.

그러자 곧장 잠이 쏟아졌고 시계가 "미남님, 미남님" 하고 흥겨운 목소리로 열두 번 부르는 소리에 깨어났습니다. 곧바로 미남은 정말로 다시 궁전으로 돌아왔다는 걸 깨달았어요. 모든 게 그대로였습니다. 앵무새도 그를 보고 어찌나 좋아하던지요! 하지만 야수를 다시 빨리 만나고 싶은데 하루가 어찌나 긴지 저녁 식사 시간이 영원히 오지 않을 거 같았어요.

드디어 저녁 식사 시간이 되었는데도 야수가 모습을 보이지 않자 미남은 더럭 겁이 났어요. 그래서 한참을 귀를 쫑긋 세우고 기다리다가 야수를 찾아 정원으로 달려갔지요. 오솔길과 가로수길을 왔다 갔다 하면서 야수를 아무리 불러도 대답이 들리지 않았어요. 흔적조차 찾을 수 없었어요. 지칠 대로 지친 미남은 잠시 쉬려고 걸음을 멈췄어요. 그런데 그 장소가 꿈속에서 봤던 그늘진 오솔길의 반대편이란 걸 깨달았어요. 허겁지겁 내려가보니 과연 동굴이 보였지요. 안에는 야수가 누워 있었고 잠이 든 거 같았어요. 야수를 발견한 미남은 몹시 기뻐 한달음에 달려가 야수의 머리를 쓰다듬었어요. 하지만 끔찍하게도 야수는 움직이거나 눈을 뜨지 않았어요.

"이럴 수가! 야수가 죽다니. 이건 다 내 잘못이야." 미남의 눈에서 눈물이 와락 쏟아져 내렸어요.

그런데 다시 자세히 살펴보니 아직 숨을 쉬고 있었어요. 미남은 재빨리 가장 가까운 분수로 달려가 물을 떠 와 야수의 얼굴에 뿌렸어요. 다행히도 야수의 얼굴에 생기가 돌기 시작했어요.

미남은 자기도 모르게 소리를 질렀어요. "아! 야수여, 내가 얼마나 놀랐는지 아세요! 당신 목숨을 구하기엔 너무 늦었을까 두려웠습니다. 이제야 내가 당신을 얼마나 사랑하고 있는지 깨달았어요."

"나처럼 흉하게 생긴 사람을 정말로 사랑할 수 있겠소?" 야수가 힘없이 물었습니다. "아! 겨우 시간에 맞춰 오긴 했군요. 당신이 약속을 잊었다는 생각에 온몸의 기운을 다 잃은 듯했소. 하지만 이제 돌아가서 쉬시오. 다시 또 볼 테니까."

자신에게 화를 내지 않을까 걱정했던 미남은 야수의 온화한 목소리에 안심하고 성으로 돌아갔습니다. 미남이 저녁 식사를 마치자 평소대로 야수가 왔어요. 야수는 미남이 가족들과 재밌게 잘 지냈는지, 또 미남을 보고 기뻐했는지도 물었어요.

미남은 예를 갖춰 대답하며 그동안 있었던 일을 즐겁게 얘기했습니다. 드디어 야수가 갈 시간이 되자 정말이지 자주 물었던 그 질문을 던졌어요. "나와 결혼하겠소?"

미남이 부드럽게 대답했습니다. "네, 당신과 결혼하겠습니다. 야수님."

그 순간, 창문에서 눈부신 빛줄기가 쏟아졌어요. 불꽃이 튀고 폭죽이 팡팡 터지고 오렌지나무 길을 가로질러 반딧불이들이 모여 글자를 만들었어요. "공주와 신랑, 만만세."

미남이 고개를 돌려 야수에게 이게 다 뭐냐고 물으려는데 어느 순간 야수는 사라지고 그 대신 오랫동안 흠모하던 공주가 서 있었어요! 바로 그 순간 테라스 쪽에서 마차 바퀴 소리가 들리더니 신사 두 명이 방으로 들어왔습니다. 한 명은 미남이 꿈에서 봤던 우아한 신사였고 다른 한 명은 굉장히 세련되고 왕처럼 위풍당당해 보이는 신사였어요. 미남은 누구한테 먼저 인사를 해야 할지 몰랐습니다.

하지만 이미 꿈에서 봤던 신사가 옆에 서 있던 다른 신사에게 이렇게 말했지요.

"자, 왕이시여, 이 사람이 미남입니다. 따님을 끔찍한 마법에서 구해낸 용기 있는 청년이지요. 둘은 서로 사랑한답니다. 왕께서 이 결혼을 허락하신다면, 이 둘의 행복은 충만해질 겁니다."

"내 온 마음을 담아 허락한다네. 아름다운 청년이여, 내가 더어떻게 감사하리오. 내 귀한 딸을 원래의 모습으로 돌려줬으니말이네."

왕은 이렇게 말하며, 사실은 요정이었던 신사에게 축하를 받고 있는 미남과 공주를 다정하게 안아주었습니다.

요정 신사가 미남에게 물었어요. "자, 이제 결혼식에 가족을 불러 춤을 추고 싶겠지요?"

요정 신사는 모두를 데려왔습니다. 다음 날, 최고로 화려한 결혼식이 치러졌습니다. 그 후로 미남과 공주는 오래오래 행복하게 살았답니다.

빨간 망토 소년

Little Red Riding Hood

옛날 옛적 시골 마을에 한 소년이 살고 있었어요. 정말 예쁘게 생긴 소년이었어요. 아버지는 그 소년을 끔찍이 아꼈어요. 할아버지는 더 심해서 손자라면 껌뻑 죽었지요. 마음씨 좋은 할아버지는 손자를 위해 귀여운 빨간 망토를 만들어 주었어요. 소년에게 어찌나 잘 어울리는지, 사람들은 소년을 빨간 망토라고 불렀어요.

어느 날, 아버지가 커스터드를 만들었어요.

"할아버지가 몹시 편찮으시대. 그러니 가서 할아버지가 어떠신지 좀 보렴. 이 커스터드랑 버터가 든 단지도 가져다드려라."

빨간 망토 소년은 곧장 집을 나가 다른 마을에 사는 할아버지의 집으로 향했습니다.

숲을 지나는데 늑대 아줌마가 나타났어요. 늑대는 소년을 홀라당 잡아먹으려는 속셈이었는데 그렇게 하진 못했어요. 숲에서 나무 장작을 패는 사람들이 바로 근처에 있었거든요. 늑대는 소년에게 어딜 가느냐고 물었어요. 늑대와 서서 얘기하는 게 위험하단 걸 몰랐던 어린 소년은 이렇게 대답했지요.

"할아버지를 보러 가요. 커스터드랑 버터 단지를 드리려고요."

"할아버지가 멀리 사시니?"

"아니요. 저기 방앗간 너머 마을의 첫 번째 집에 사세요."

"그렇구나. 나도 가서 할아버지를 봬야겠다. 나는 이 길로 갈 테니, 너는 저 길로 가렴. 어디, 누가 먼저 도착하는지 보자."

늑대는 가장 빠른 길을 선택해 있는 대로 속도를 내서 달렸어요. 소년은 길을 멀리 돌아가면서 떨어진 밤을 줍거나 나비를 쫓기도 하고 작은 꽃으로 꽃다발을 만들기도 했어요. 늑대는 금방 할아버지의 집에 도착할 수 있었어요. 문을 똑똑 두드렸습니다.

"누구요?"

"할아버지 손자예요. 빨강 망토요." 늑대가 소년의 목소리를 흉내 내며 대답했어요. "아버지가 커스터드랑 버터 단지를 갖다드리래요."

몸이 안 좋아 침대에 누워 있던 할아버지가 이렇게 외쳤어요.

"손잡이를 당기렴. 걸쇠가 올라갈 거다."

늑대가 손잡이를 당기자 문이 열렸어요. 그리고는 순식간에 할아버지에게 뛰어들어 삼켜버렸지요. 먹이를 맛본 지가 사흘도 넘었거든요. 늑대는 문을 닫고는 할아버지가 누워 있던 침대로 들어가 빨간 망토를 기다렸어요. 그러자 잠시 후, 문을 똑똑 두드리는 소리가 들렸어요.

"누구요?"

늑대의 거친 목소리를 들은 빨간 망토는 더럭 겁이 났어요. 하지만 할아버지가 감기에 걸려서 목소리가 거칠어졌다고 생각했지요.

"저 할아버지 손자예요. 빨간 망토요. 아버지가 커스터드랑 버터 단지를 가져다드리랬어요."

늑대는 최대한 목소리를 부드럽게 내려고 애쓰며 외쳤어요.

"손잡이를 당기렴. 걸쇠가 올라갈 거다."

빨간 망토가 손잡이를 당기자 문이 열렸습니다.

소년이 들어오는 걸 보고 늑대가 이불 속으로 몸을 숨기며 말했어요.

"커스터드랑 버터 단지를 의자에 놓으렴. 이리 와서 내 옆에 누우려무나."

빨간 망토는 망토를 벗고 침대에 누웠어요. 그리고는 잠옷을 입은 할아버지를 보고 깜짝 놀랐지요.

"할아버지, 팔이 정말 크네요!"

"아가야, 널 더 잘 안아주려고 그렇지."

"할아버지, 다리가 엄청 두꺼워요!"

"아가야, 더 빨리 달려야 하니까 그렇지."

"할아버지, 귀가 진짜 뾰족해요!"

"아가야, 더 잘 들으려고 그런 거 아니냐."

"할아버지, 눈이 엄청나게 크네요!"

"아가야, 더 잘 보려고 그러지."

"할아버지, 이빨이 무시무시해요!"

"그건 너를 잡아먹으려고 그렇다."

말이 끝나기 무섭게 사악한 늑대는 빨간 망토를 덮쳐 꿀꺽 먹어버렸답니다.

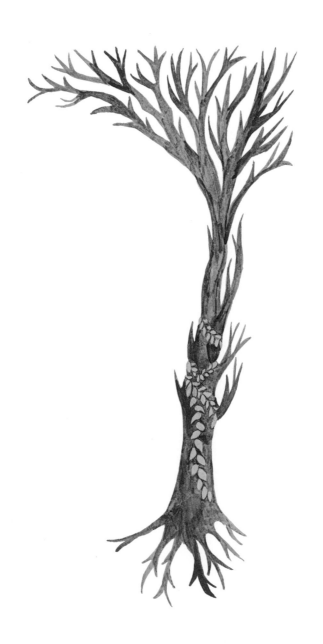

프라우*
럼펠스틸트스킨

Frau Rumpelstiltzkin

* 프라우Frau는 독일어로 부인, 주인, 마님 등의 뜻이 있다.

먼 옛날, 어느 가난한 여인이 방앗간을 운영하며 살고 있었어요. 그녀에겐 매우 아름다운 아들이 있었지요. 어느 날, 여왕을 알현할 일이 생긴 방앗간 주인은 여왕에게 잘 보이고 싶은 마음에 자기 아들이 밀짚을 금으로 짜낼 수 있다고 했어요.

"그것 참 대단한 능력이구나." 여왕이 말했어요. "네 아들이 네가 말한 것처럼 재주가 좋다면 내일 궁전으로 데려오너라. 내가 한번 시험해봐야겠다."

방앗간집 아들이 여왕 앞에 오자 여왕은 밀짚이 가득한 방으로 데려갔어요. 그리고 물레와 물렛가락을 주었어요.

"자, 이제 물레질을 시작해서 밤부터 이른 새벽까지 돌려보거라. 그때까지 밀짚을 금으로 자아내지 못한다면 넌 목숨을 잃게 될 것이다." 여왕은 방앗간집 아들을 방에 혼자 두고 나갔습니다.

가여운 남자는 이제부터 어떻게 해야 할지 황망했지요. 물레질로 도대체 어떻게 밀짚을 금으로 바꾼다는 건지 전혀 알 수가 없었어요. 너무 막막한 나머지 눈물을 흘리기 시작했어요. 그런데 갑자기 문이 벌컥 열리더니 아주 조그만 여자가 들어오는 게 아니겠어요.

"안녕, 방앗간집 아들이구먼. 왜 그렇게 서럽게 우는 거냐?"

남자가 대답했어요. "아! 밀짚을 금으로 만들어야 하는데 도대체 어떻게 해야 할지 몰라서 울고 있었습니다."

"내가 너 대신 물레질을 해주면 너는 나한테 뭘 줄래?"

"제 목걸이를 드릴게요." 남자가 대답했어요.

자그만 여자는 목걸이를 받아들고 물레 앞에 앉아 빙, 빙, 빙 세 번 돌렸어요. 그랬더니 실패에 금실이 잔뜩 감겼어요. 그리고는 다른 실패를 꽂고는 빙, 빙, 빙 또 세 번 돌리니 이번에도 실패에 금실이 채워졌어요. 그런 식으로 새벽까지 이어졌지요.

모든 밀짚을 다 돌리고 나자 실패마다 금실로 가득했어요.

날이 밝자 여왕이 방에 들어왔어요. 여왕은 금실을 보고 깜짝 놀라며 기뻐했어요. 하지만 여왕은 탐욕에 눈이 멀어 귀한 금을 더 갖고 싶었죠. 그래서 방앗간집 아들을 또 다른 방에 넣었어요. 그 방은 첫 번째 방보다 더 크고 밀짚도 더 많았어요. 여왕은 남자에게 목숨을 건지고 싶다면 다음 날 아침까지 이 밀짚을 전부 다 금실로 만들라고 명령했어요. 남자는 어찌할 바를 몰라 하염없이 눈물을 흘렸어요. 그러자 이전처럼 또 문이 열리더니 자그마한 여자가 들어왔어요.

"내가 밀짚을 금실로 짜주면 뭘 줄 거냐?"

"제 손가락에 끼고 있던 반지를 드릴게요."

조그만 여자는 반지를 받아들고 다시 물레를 빙 돌렸어요. 모든 밀짚을 반짝이는 금으로 만들고 나자 아침이 밝아왔어요. 여왕은 이걸 보고 몹시 흐뭇해했지만, 금을 향한 욕망은 여전히 채워지지 않았어요. 여

왕은 방앗간집 아들을 밀짚으로 가득 찬, 가장 큰 방에 데려갔어요.

"밤새도록 물레질을 해야 한다. 이번에도 해낸다면 내가 널 남편으로 삼겠다." 여왕은 속으로 이런 생각을 했지요. '겨우 방앗간집 출신이긴 해. 그건 사실이야. 하지만 전 세계를 뒤진다 해도 이 아이보다 더 부자인 남편감은 찾을 수 없을 거야.'

남자가 혼자 남겨지자 자그만 여인이 세 번째로 등장했어요.

"이번에도 내가 밀짚을 돌려주면 뭘 주겠냐?"

"이제는 더 드릴 것도 없어요." 남자가 힘없이 대답했습니다.

그 말에 조그만 여인이 이렇게 제안했지요. "그렇다면 네가 왕이 돼서 첫 아이를 얻게 되면 그 아기를 나에게 준다고 약속해다오."

남자는 이런 생각이 들었어요. '그 전에 무슨 일이 일어날지 누가 알겠어?' 게다가 다른 방법은 도저히 생각나지 않았어요. 그래서 원하는 걸 주겠다고 약속했어요. 조그만 여자는 다시 일을 시작해 밀짚을 금으로 지어냈지요.

여왕이 아침에 방에 와보니 원했던 대로 모든 밀짚이 금으로 바뀌어 있었어요. 그래서 곧장 그를 남편으로 맞았지요. 방앗간집 아들은 그렇게 왕이 되었어요.

일 년이 지나자 아름다운 딸이 태어났어요. 왕은 조그만 여자는 물론 그 여자와 했던 약속도 까맣게 잊고 있었어요. 그런데 어느 날 갑자기, 그 여자가 왕의 방에 들어왔어요.

"자, 약속한 걸 내놔라."

왕은 심장이 쿵쾅거렸어요. 여왕국에 있는 모든 재산을 전부줄 테니 아기를 데려가지 말아달라고 사정했어요. 하지만 여자는 이렇게 말했어요.

"아니, 이 세상 그 모든 금은보화보다 나에게는 살아 있는 생명체가 더 귀하다."

그러자 왕이 눈물을 뚝뚝 흘리기 시작하더니 어찌나 애통해하며 우는지 조그만 여자는 안쓰럽다는 생각이 들었어요.

"그럼, 사흘을 줄 테니 내 이름을 맞춰봐. 시간 내로 알아낸다면 아기를 데려가지 않겠다."

왕은 밤새도록 자신이 한 번이라도 들었던 이름을 모두 떠올리며 머리를 쥐어짰어요. 전령을 보내 일대를 샅샅이 뒤져 알게 되는 모든 이름을 가리지 말고 모두 모아오라는 명령도 내렸습니다.

프라우 럼펠스틸트스킨

다음 날 작은 여인이 궁에 오자 왕은 카산드라, 멜키오린, 벨라로사 등 아는 이름을 줄줄이 댔지만 그럴 때마다 조그만 여자는 "그건 내 이름이 아니야"라고 외쳤습니다. 다음 날 왕은 다시 전령을 보내 이웃 나라에 사는 사람의 이름을 전부 알아오라고 명령했어요. 그래서 처음 들어본 이름과 특이한 이름이 적힌 기다란 목록을 만들었어요.

작은 여자가 성에 등장하자 왕이 물었어요. "당신의 이름이 쉽셍크스, 크룩샹크스, 스핀들스행크스가 아닌가요?"

여자는 계속 이렇게 대답했어요. "그건 내 이름이 아니야."

드디어 마지막 날, 전령이 돌아와 왕에게 이렇게 보고했습니다. "더는 새로운 이름을 찾을 순 없었습니다. 하지만 숲의 구석에 있는 높다란 언덕에 가게 되었는데 여우와 산토끼가 서로 잘 자라고 인사를 하더군요. 작은 집이 한 채 보였고 집 앞에는 모닥불이 피워져 있었습니다. 그때 끔찍하게 생긴 조그마한 여자가 한 발로 폴짝폴짝 모닥불 주위를 돌며 이렇게 외치더군요. '내일은 끓이고 오늘은 굽고, 그러면 아이는 내 차지야. 왕은 알지 못하지. 내 이름이 럼펠스틸트스킨이란걸!'"

이 이름을 듣고 왕이 얼마나 기뻐했는지 여러분도 상상할 수

있겠지요. 이내 조그만 여자가 성에 들어와 물었습니다.

"자, 나의 왕이여, 내 이름이 무엇이오?"

왕은 우선 이렇게 물었어요. "콘세타요?"

"아니다."

"그럼 해리엇이오?"

"아니야."

"그렇다면 혹시, 럼펠스틸트스킨이요?"

"이런, 어떤 악마가 네게 말해준 거냐. 도대체 어떤 악마가 네게 말해줬어." 조그만 여자는 비명을 질렀어요. 도저히 억제할 수 없는 분노에 휩싸인 여자는 오른쪽 발을 땅속 깊이 쑤셔 넣어 허리까지 파묻었지요. 그러고도 분을 삭이지 못해 두 손으로 왼쪽 발을 잡더니 자기 몸을 둘로 찢어버렸답니다.

엄지왕자

Thumbelin

옛날, 아주 작고 귀여운 아이를 갖고 싶은 한 남자가 살았어요. 하지만 어디서 아이를 얻어야 할지 몰랐지요. 그래서 늙은 마법사를 찾아가 이렇게 말했어요.

"아주 자그마한 아이가 하나 있었으면 합니다. 제가 어디서 아이를 얻을 수 있을지 알려주시겠습니까?"

"오, 마침 적당한 아이가 있는데! 여기 보리쌀을 한 알 주겠소. 하지만 분명히 말해두는데, 이건 농부가 밭에 뿌리거나 닭에게 모이를 주는 그런 용도가 아니오. 화분에 심고 무슨 일이 일어나는지 잘 지켜보시오."

"정말 감사합니다!" 남자는 마법사에게 감사 인사를 하고 보

엄지왕자

리쌀 가격으로 1실링을 주었어요. 그리고 남자는 집에 가서 보리쌀을 심었지요. 금세 싹이 쑥 자라더니 아름다운 꽃을 피웠어요. 튤립 같은 모양이었지만 꽃잎이 아직 꽃봉오리를 맺고 있는 것처럼 꼭 닫혀 있었어요.

"어쩜 꽃이 이렇게 아름다울까!" 남자가 감탄하면서 붉고 노란 꽃잎에 입을 맞추었어요. 그런데 입을 맞추자마자 꽃이 활짝 피었어요. 어디서나 볼 수 있는 진짜 튤립이었지요. 하지만 벨벳같이 부드러운 초록빛 꽃잎 한가운데 앙증맞고 예쁜 남자아이가 앉아 있었어요. 아이는 키가 엄지손가락의 반도 안 되는 거 같았어요. 그래서 사람들은 그 아이를 엄지왕자라고 불렀어요. 우아한 빛이 감도는 호두껍데기를 엄지왕자의 요람으로, 바이올렛의 푸른 꽃잎을 침대로 하고 장미 꽃잎을 이불로 썼어요. 엄지왕자는 밤에는 거기서 자고 낮에는 식탁 주변에서 놀곤 했어요. 남자가 물을 담은 그릇에 꽃을 빙 둘러 줄기는 잠기게 두고, 가운데에 커다란 튤립 꽃잎을 띄웠어요. 엄지왕자는 잎에 올라가 흰 말의 털로 노를 저으며 그릇 안에서 왔다 갔다 했어요. 정말이지 예쁜 광경이었어요! 엄지왕자는 누구도 들어본 적 없는 부드럽고 달콤한 목소리로 노래를 불렀어요.

엄지왕자가 작고 귀여운 침대에서 자고 있던 어느 날 밤이었어요. 늙은 두꺼비가 깨진 유리 창문 사이로 기어들어 왔어요. 흉측하고 울퉁불퉁하고 축축한 두꺼비였지요. 식탁으로 올라가보니 엄지왕자가 장미 꽃잎을 덮고 곤히 자고 있는 게 아니겠어요.

"내 딸의 아름다운 남편감으로 딱 좋겠구먼." 두꺼비는 이렇게 말하면서 호두껍데기를 통째로 들어 올렸어요. 그리고 폴짝 뛰어 창문 틈을 통해 정원으로 나갔습니다.

앞에는 널따란 개울이 흘렀고 기슭은 미끄러운 습지였어요. 두꺼비는 딸과 함께 그 습지에 살고 있었어요. 아! 딸이 아빠를 꼭 닮아 어찌나 흉측하게 생겼던지요! 호두껍데기 안에 있는 작고 예쁜 소년을 보고 딸 두꺼비가 한 말은 이게 다였어요.

"개굴, 개굴, 개굴!"

"그렇게 크게 울지 마라. 애가 깨겠구나." 아빠 두꺼비가 타일렀어요. "지금이라도 도망가면 어떡하니. 이 애는 깃털처럼 가볍단 말이다. 당장 개울 위에 있는 커다란 수련 잎에 옮겨놔야겠다. 저 아이에게는 섬이나 마찬가지겠지. 저렇게 작고 가벼우니 거기서 탈출하지 못할 거야. 그런 다음 습지 아래에다가 아이가 살 만한 손님방을 만들어야겠다.”

개울가에는 큼직한 초록 수련 잎이 무성했어요. 둥둥 떠 있는 모습이 마치 물에서 수영하고 있는 듯 보였지요.

제일 멀리 있는 잎이 가장 컸어요. 두꺼비는 호두껍데기 안에 잠들어 있는 엄지왕자를 태우고 그쪽으로 건너갔어요.

이른 아침, 눈을 뜬 엄지왕자는 주변을 둘러보고 놀라서 큰 소리로 엉엉 울기 시작했어요. 사방이 물 천지라서 땅으로 건너갈 방법이 도저히 보이지 않았거든요.

두꺼비는 습지 아래에서 새로 얻은 사위가 쓸 방을 예쁘게 꾸미고 있었어요. 등심초와 노란 금잔화 꽃잎을 가져다 장식했지요. 그런 다음 흉측한 딸과 함께 엄지왕자가 있는 곳으로 헤엄쳐갔어요. 엄지왕자를 방으로 데려오기 전에 그 예쁜 호두껍데기를 방에다 갖다 두고 싶었거든요. 두꺼비가 물속에서 엄지왕자에게 고개를 숙이며 인사했어요.

“이 애가 내 딸이오. 딸과 결혼해서 저기

습지에서 멋들어지게 잘 살아보시오."

"개굴, 개굴, 개굴!" 딸 두꺼비가 한 말은 그게 다였어요.

그들은 앙증맞은 요람을 갖고 헤엄쳐 나갔어요. 엄지왕자는 거대한 초록 잎에 홀로 앉아 구슬프게 울었어요. 축축한 두꺼비랑 살기도 싫었고 못생긴 딸과 결혼하기도 싫었거든요. 그런데 물속에서 헤엄치며 두꺼비를 관찰하던 작은 물고기들이 두꺼비가 한 말을 다 들었어요. 조그만 소년이 궁금해진 물고기들은 자세히 보려고 물 밖으로 고개를 내밀었지요. 엄지왕자를 보니 너무나 아름다웠어요. 흉측한 두꺼비랑 살아야 한다니 엄지왕자가 측은해졌어요. 안 되지. 그런 일이 일어나선 안 되었어요. 물고기들은 엄지왕자가 앉아 있는 수련 잎의 초록색 줄기 주변으로 모였어요. 그리고 줄기를 자근자근 씹어 잘라냈어요. 그러자 수련 잎이 개울을 따라 넘실넘실 흘러가기 시작했어요. 엄지왕자를 태운 수련 잎은 두꺼비가 쫓아올 수 있는 거리를 넘어 멀리 나아갔지요.

엄지왕자는 여러 마을을 지났어요. 덤불에 앉아 있던 작은 새들이 그를 보고 노래했어요. "정말 예쁜 소년이구나!" 수련 잎은 둥실둥실 더 떠내려갔고 그렇게 엄지왕자는 고향을 떠나

게 되었어요.

아름다운 나비가 한참을 왕자 위에서 퍼덕거리더니 마침내 잎에 앉았어요. 나비는 엄지왕자가 마음에 들었지요. 엄지왕자도 나비를 보니 좋았어요. 이제 엄지왕자는 두꺼비에게서 완전히 벗어났고 여행길은 그림같이 아름다웠어요. 햇살을 받은 개울물이 광을 낸 은처럼 반짝였어요. 엄지왕자는 어깨띠를 벗어 한쪽을 나비에 두르고 다른 쪽은 수련 잎에 묶었지요. 그랬더니 잎이 미끄러지듯 빠른 속도로 흘러갔어요.

어느 순간 커다란 왕풍뎅이가 날아왔어요. 그런데 엄지왕자를 보더니 순식간에 그의 가느다란 허리를 낚아채 나무 위로 데려갔어요. 수련 잎은 개울을 따라 계속 흘러갔고 나비도 함께 떠내려갔어요. 수련 잎과 묶여 있어 떼어낼 수가 없으니까요. 아, 저런! 왕풍뎅이가 그를 데리고 나무로 올라갔을 때 엄지왕자는 얼마나 무서웠는지 몰라요! 하지만 아름다운 흰나비가 더 안타까웠습니다. 그가 나비를 묶어놔서 날아가지 못하고 굶어 죽게 생겼으니까요. 하지만 왕풍뎅이는 그런 건 개의치 않았어요. 큼지막한 초록 잎에 그를 앉히더니 꽃에서 꿀을 따주면서 아주 예쁘게 생겼다고 말했어요. 엄지왕자는 왕풍뎅이가 전혀 마음에 들지 않았지요. 잠시 후, 같은 나무에 사는 다른 왕풍뎅이들이 몰려와 엄지왕자를 구경했어요. 엄지왕자를 자세히 뜯어보더니 이렇게 말했어요.

"세상에, 다리가 두 개뿐이잖아! 저런, 불쌍하기도 하지!"

"더듬이가 없어!" 다른 왕풍뎅이가 외쳤어요.

"참 이상하게 생겼다!" 풍뎅이들이 한목소리로 말했어요. 하지만 엄지왕자는 정말 아름다운 소년이었어요.

엄지왕자를 데려온 왕풍뎅이는 그 사실을 잘 알고 있었어요. 하지만 다른 풍뎅이들이 일제히 엄지왕자가 특이하게 생겼다고 하자, 그 말이 맞는 것처럼 느껴졌어요. 결국 엄지왕자를 데리고 있기가 싫어졌지요. 엄지왕자가 아무 데나 가버려도 상관없을 거 같았어요. 그래서 왕풍뎅이는 엄지왕자를 나무에서 내려 데이지 꽃잎 위에 올려놓았답니다. 어린 왕자는 주저앉아 하염없이 눈물을 흘렸어요. 왕풍뎅이들이 그를 이상하게 생겼다고 놀린 데다 신경도 쓰지 않았으니까요. 하지만 엄지왕자는 사랑스러운 장미 꽃잎처럼 세상에서 가장 아름답고 부드러우며 섬세한 존재였답니다.

가여운 어린 왕자는 여름 내내 커다란 숲에서 홀로 살았습니다. 풀을 꼬아 침대를 만들어 클로버 잎에 매달아 비를 피했어요. 꽃에서 꿀을 모아 먹고 아침마다 잎에 맺힌 이슬을 마셨어요. 그렇게 여름과 가을이 가고 겨울이 왔어요. 춥고 긴 겨울이었지요. 엄지왕자를 두고 그렇게나 달콤하게 노래하던 새들은 전부 따뜻한 나라로 날아가버렸어요. 나무는 잎을 떨어뜨리고 꽃은 죽어버렸어요. 침대를 매달았던 클로버 잎은 동그랗게 말렸고 시든 줄기만 남았어요. 누더기가 된 옷만 걸친 엄지왕자는 추위를 견디기가 힘들었어요. 체구가 워낙 작고 말랐으니까

요. 가여운 엄지왕자! 금방이라도 얼어 죽을 형편이었어요. 눈이 내리기 시작했죠. 그에게 하늘에서 떨어지는 눈송이는 누군가 삽으로 뜬 눈을 우리에게 던지는 거나 마찬가지였어요. 엄지손가락의 반만 한 엄지왕자와 비교하면 우리 몸은 엄청나게 크잖아요. 엄지왕자는 시든 잎으로 몸을 둘둘 말아보았지만, 가운데가 찢어져 하나도 따듯하지 않았어요. 엄지왕자는 추위에 몸을 벌벌 떨었습니다.

엄지왕자가 살고 있던 숲 바깥쪽에 커다란 옥수수 밭이 있었어요. 하지만 옥수수는 이미 오래전에 자취를 감추고 꽁꽁 언 땅에 헐벗은 줄기만 서 있었어요. 그래서 엄지왕자는 그 숲을 돌아다닐 수 있었지요. 그런데 갑자기 들쥐가 사는 집이 나타났어요. 옥수수 줄기 아래 작은 구멍이 나 있었죠. 쥐의 집은 따듯하고 아늑해 보였어요. 저장고는 옥수수로 가득했고 멋진 부엌과 거실도 있었어요. 가엾은 엄지왕자는 문으로 다가가 들쥐에게 지난 이틀 동안 아무것도 먹지 못했으니 보리를 조금만 달라고 애원했어요.

"저런, 가여운 것 같으니!" 자상한 들쥐는 엄지왕자를 보고 불쌍한 마음이 들었어요. "따듯한 방으로 들어오너라. 같이 밥을 먹자꾸나."

들쥐는 엄지왕자가 마음에 들었어요. "보아하니, 너는 여기서 나랑 겨울을 나도 될 거 같다. 하지만 내 방을 깨끗하고 말끔하게 청소해야 해. 나에게 재미난 이야기를 해주고. 내가 이야기 듣는 걸 엄청나게 좋아하거든."

그래서 엄지왕자는 나이 많고 다정한 들쥐가 시킨 일을 아주 꼼꼼히 했습니다.

어느 날 들쥐가 말했어요. "오늘 손님이 오신다. 일주일에 한 번씩 우리 집에 오는 이웃인데 그 집 형편이 우리 집보다 훨씬 나아. 방도 훨씬 넓고 검은색 고급 벨벳 코트를 입는다고. 네가 그녀랑 결혼한다면 참 풍족하게 살 수 있을 텐데. 하지만 앞을 보지 못해. 그러니 네가 아는 재미난 이야기들을 들려주려무나."

하지만 엄지왕자는 크게 신경 쓰지 않았어요. 그녀는 그냥 두더지였거든요. 두더지가 검은색 벨벳 코트를 차려입고 들쥐의 집에 왔습니다.

들쥐가 엄지왕자에게 넌지시 속삭였어요. "두더지는 진짜 부자인 데다 크게 성공했어. 그 집이 우리 집보다 스무 배는 크다고. 아는 것도 어찌나 많은지. 하지만 햇빛을 못 견디고 아름다운 꽃을 못 보지. 그래서 그런 걸 굉장히 하찮게 여긴단다. 하긴 한 번도 본 적이 없으니까."

엄지왕자는 두더지를 위해 노래를 불러야 했어요. "점잖은 새야, 점잖은 새야, 훨훨 날아 집에서 날아가렴~!" 다른 노래도 어찌나 예쁜 목소리로 부르는지, 두더지는 엄지왕자에게 홀라당 빠지고 말았어요. 하지만 아무런 말도 하지 않았어요. 두더지는 조심성이 많고 몸을 사렸거든요.

며칠 전, 두더지는 자신의 집에서부터 들쥐의 집까지 지하에 기다란 터널을 팠어요. 들쥐와 엄지왕자가 언제든 그 터널을 사용해도 좋다고 했지요. 하지만 가는 길 중간에 죽은 제비가 있으니 무서워하지 말라고 일러주었어요. 부리와 깃털이 있는 진짜 새인데 얼마 전에 죽었는지 두더지가 터널을 만들어놓은 곳에 묻혀 있다고 했어요. 두더지는 썩은 나뭇조각을 입으로 물고 어둡고 긴 터널을 비추며 앞장서 갔어요. 나뭇조각은 어둠 속에서 불빛처럼 빛나거든요. 그들이 죽은 새가 있는 곳에 이르자 두더지가 커다란 코로 천장을 밀어 구멍을 냈어요. 그러자 밝은 빛이 들어왔어요. 길 가운데 정말로 죽은 제비가 누워 있었어요. 아름다운 날개는 얌전히 몸 양쪽으로 접히고 발톱과 머리는 깃털 아래 묻은 채로요. 가여운 제비는 분명 추위 때문에 죽은 거였지요. 엄지왕자는 작은 새들을 무척 아꼈기 때문에 가슴이 아팠어요. 여름 내내 그를 위해 그토록 아름다운 노래를 불러줬으니까요. 하지만 두더지는 굽은 다리로 제비를 뻥 차며 말했어요.

"이제 더는 노래도 부를 수 없겠네요! 이 세상을 이렇게 보잘 것없는 새로 산다는 건 정말 끔찍한 일이에요! 내 새끼들은 그럴 리 없으니 참 감사하지요. 새들은 겨울에 늘 굶어 죽으니까."

"그럼요. 정말 분별력 있는 여성이시군요." 들쥐도 거들었어요. "맨날 지저귀는 거 빼고 겨울에 새가 할 수 있는 게 뭐가 있습니까? 굶어서 얼어 죽는 거뿐이죠. 참 한심합니다!"

엄지왕자는 아무 말도 하지 않았어요. 두더지와 들쥐는 계속 앞으로 걸어갔어요. 엄지왕자는 제비 앞에서 무릎을 굽히고 앉아 머리 깃털을 쓰다듬고 감긴 눈에 가볍게 입을 맞췄어요. 이런 생각도 들었지요. '여름에 나에게 아름다운 노래를 불러줬던 새가 이 제비일지도 몰라.' 그래서 혼자 조그맣게 중얼거렸답니다.

"작은 새야, 네가 나에게 얼마나 큰 기쁨을 줬는지 아니!"

두더지는 빛이 새어 나오던 구멍을 다시 막고 손님을 집으로 안내했지요. 하지만 엄지왕자는 그날 밤 잠을 이룰 수 없었어요. 그래서 침대에서 일어나 밀짚으로 커다란 이불을 만들어 끌고 가서 죽은 제비 위에 덮어주었어요. 들쥐의 방에서 찾아낸 목화솜처럼 부드러운 엉겅퀴도 위에 쌓았어요. 가여운 제비가 따뜻하게 묻힐 수 있게요.

"잘 가, 어여쁜 작은 새야! 잘 가. 여름내 아름다운 노래를 불러줘서 고마웠어. 나무가 초록빛일 때, 해가 우리를 따스하게 비출 때 말이야!"

그리고 머리를 새의 가슴에 가만히 기댔지요. 그런데 제비는 죽은 게 아니었어요. 그냥 몸이 얼어 있던 거였어요. 엄지왕자가 몸을 따뜻하게 해줬더니 다시 의식이 돌아오고 있었어요.

가을이 되면 제비는 다른 나라로 날아가는데, 간혹 늦게 출발하는 경우가 있어요. 그중 날이 너무 추워지자 몸이 얼어버려서 하늘에서 떨어진 거지요. 그리고 눈이 내리자 눈에 파묻혔던 거예요.

엄지왕자는 덜컥 겁이 나서 몸이 떨려왔습니다. 손가락 반밖

에 안 되는 자신에 비하면 새는 아주 컸거든요. 하지만 용기를
내서 가여운 제비 위로 솜털을 더 높이 쌓고 자신의 이불까지
가져와 머리에 덮어주었어요.

다음 날 저녁, 엄지왕자는 다시 제비에게 몰래 가보았어요.
그랬더니 아주 미약하게 숨을 쉬고 있었어요. 제비는 눈을 가
늘게 뜨고 엄지왕자를 가만히 바라보기만 했어요. 엄지왕자는
등불이 없어서 손에 썩은 나뭇조각만 들고 제비 앞에 서 있었
어요.

"고마워, 작고 예쁜 아이야! 정말 따듯해! 곧 다시 힘을 찾을
수 있을 거 같아. 그러면 다시 따듯한 햇살이 있는 곳으로 날아
갈 수 있을 거야."

"아니야! 지금 밖은 추워도 너무 추워. 눈이 와서 꽝꽝 얼었
다고! 그러니까 따듯하게 여기에 누워 있어. 내가 보살펴줄게!"

엄지왕자는 꽃잎에 물을 떠 와서 제비에게 먹였어요. 그러자
제비는 자신의 사연을 이야기해주었어요. 다른 제비들은 빠른
속도로 다른 나라를 향해 날아갔는데, 자신은 나무딸기에 부딪
혀 날개가 부러져서 날갯짓을 빨리할 수 없었다고요. 그러다
완전히 지쳐 떨어졌고 그 이후로는 기억이 나지 않는다고 했어

요. 겨우내 제비는 거기서 지냈습니다. 엄지왕자가 제비를 정성껏 돌봐주었지요. 두더지도 들쥐도 전혀 몰랐어요. 둘은 가여운 제비를 몹시 싫어했으니까요.

봄이 되자 해가 다시 땅을 따스하게 비췄습니다. 엄지왕자가 두더지가 만들었던 천장의 구멍을 열어주었어요. 밝은 해가 눈부시게 비췄지요. 제비는 엄지왕자에게 작별 인사를 건네면서 같이 떠나는 게 어떻겠냐고 물었어요. 제비 등에 타면 되니까요. 엄지왕자는 정말이지 푸른 숲으로 날아가고 싶었지만 그랬다간 들쥐가 슬퍼할 거란 걸 알았어요.

"아니야, 난 갈 수 없어!"

"그럼, 안녕. 내 진정한 친구여!" 제비는 이렇게 말하고 햇빛을 향해 날아갔어요. 엄지왕자는 날아가는 제비를 눈물이 그렁한 눈으로 좇았어요. 제비를 정말 좋아했거든요.

"지지배배!" 제비는 푸른 숲으로 날아갔어요. 엄지왕자는 정말 우울했어요. 따듯한 햇빛이 있는 곳으로 갈 수 없었으니까요. 들쥐의 집 근처에 심어졌던 옥수수는 어느새 하늘 높이 자랐어요. 손가락 반 크기밖에 안 되는 가여운 소년에게는 정말 빽빽한 숲이었어요.

어느 날 들쥐가 이렇게 선언했어요. "자, 이제 넌 신랑이 될 것이다. 두더지가 너에게 청혼을 했어! 너같이 가진 것 하나 없는 아이에게 이 얼마나 큰 행운이냐! 이제 천으로 결혼 선물을 마련해야지. 두더지의 남편이 되려면 뭐 하나 빠짐없이 준비해야 하니까!"

엄지왕자는 온종일 물레질을 해야 했어요. 저녁마다 두더지가 찾아와 여름이 끝나면 해가 더는 뜨겁게 빛나지 않을 거라고 했어요. 지금은 땅이 달군 돌처럼 뜨거우니까요. 그래요. 여름이 끝나면 둘은 결혼식을 올릴 예정이었답니다.

엄지왕자는 하나도 기쁘지 않았어요. 그 한심한 두더지에게 전혀 마음이 가지 않았으니까요. 아침에 해가 뜨고 저녁에 해가 질 때마다, 엄지왕자는 몰래 집 문을 열고 나왔어요. 산들바람이 옥수수 낱알 사이를 스치고 지나가면 푸른 하늘을 볼 수 있었어요. 바깥세상은 얼마나 밝고 아름다울까 생각하며 소중한 친구인 제비를 그리워했어요. 하지만 제비는 오지 않았지요. 제비는 광활한 푸른 숲으로 멀리 날아가버린 게 분명했어요.

가을이 되자 엄지왕자는 두더지에게 줄 결혼 선물 준비를 끝냈어요.

엄지왕자

"4주 후에 넌 결혼하게 될 거야!" 들쥐가 말했어요. "너 딱딱하게 굴지 마라. 그러면 내가 이 날카로운 하얀 이빨로 널 콱 깨물어버릴 테니까! 넌 훌륭한 아내를 얻게 된 거라고! 이 나라의 여왕도 그런 벨벳 코트는 없을 거다. 두더지의 저장고와 창고가 저렇게 가득 찼으니 감사한 줄 알아야 해."

마침내 결혼식 날이 되었습니다. 두더지는 지하 깊숙이 들어가 다시는 따뜻한 해를 보지 못하는 곳으로 엄지왕자를 데려가 살려고 했어요. 두더지가 제일 싫어하는 게 바로 햇빛이니까요. 가여운 엄지왕자는 마음이 괴로웠습니다. 아름다운 해님에게 작별 인사를 해야 하니까요.

"안녕, 밝은 태양아!" 엄지왕자는 태양을 향해 두 팔을 쭉 뻗으며 소리쳤어요. 집 바깥으로 한 걸음 더 나아갔어요. 옥수수를 수확하고 난 후라 마른 줄기만 남아 있었어요. "안녕, 안녕!" 엄지왕자는 주변에 피어 있던 작은 붉은 꽃을 꼭 껴안고 말했어요. "내 친구 제비를 보면 꼭 사랑한다고 전해주렴."

"지지배배!" 갑자기 새소리가 들렸어요. 위를 쳐다봤더니 제비가 휙 날아가는 게 아니겠어요! 제비는 엄지왕자를 보고 무척 반가워했어요. 엄지왕자는 못생긴 두더지와 결혼하기 싫다고 솔직히 털어놓았어요. 해가 절대 들지 않는 지하에서 살아야 한다고요. 엄지왕자의 눈에서 눈물이 뚝뚝 떨어졌어요.

제비가 말했어요. "추운 겨울이 다시 올 거야. 나는 더 따뜻한 땅으로 날아가야 해. 나랑 같이 갈래? 내 등에 타면 되잖아. 못생긴 두더지와 어두컴컴한 집에서 멀리 벗어나 산을 넘어, 해가 여기보다 훨씬 더 찬란하게 비추는 따뜻한 나라로 가자. 거긴 늘 여름이라 언제나 아름다운 꽃이 핀단다. 작은 엄지왕자야, 나랑 가자. 내가 어두운 터널에서 꽁꽁 언 채 누워 있을 때 네가 내 생명을 구해줬잖아."

"그래, 너랑 같이 갈게." 엄지왕자는 이렇게 말하고 제비의 등에 올라탔어요. 발은 쭉 뻗은 날개 밑으로 넣었어요. 제비는 휭 하늘로 솟구쳐 숲과 바다를 지나, 늘 꼭대기에 눈이 쌓여 있는 커다란 산을 넘어 날아갔어요. 엄지왕자는 추워지면 제비의 따스한 날개 밑으로 몸을 묻고 작은 얼굴만 쏙 내밀었어요. 발밑에 펼쳐진 절경에 눈이 휘둥그레졌어요. 드디어 둘은 따뜻한 나라에 도착했어요. 햇빛은 더 찬란하게 빛났고 하늘은 두 배는 높아 보였어요. 울타리에는 먹음직스러운 초록빛과 보랏빛의 포도송이가 달려 있었지요. 나무에는 오렌지와 레몬이 주렁

주렁 열렸어요. 공기에는 은매화와 박하 향이 가득했고 길에는 귀여운 아이들이 뛰어다니며 커다랗고 멋진 나비와 놀고 있었어요. 하지만 제비는 더 멀리 날아갔지요. 그러자 점점 더 풍경이 아름다워졌어요. 초록빛 나무들이 장관을 이뤘고, 파란 호수 옆으로 대리석처럼 반짝이는 성이 있었어요. 높다란 기둥에는 덩굴이 무성했어요. 거기에 제비 둥지가 잔뜩 있었고 그중 하나가 엄지왕자를 실어 온 제비의 것이었어요.

"여기가 내 집이야! 하지만 넌 여기서 살 수 없을 거야. 우리집은 그다지 깨끗하지 않거든. 저기 아래에 있는 사랑스러운 꽃 중에서 하나를 골라 집으로 삼으렴. 그만 내려놔줄게. 이제 네가 하고 싶은 건 뭐든 해봐."

"정말 굉장하다!" 어린 왕자는 자그마한 손으로 손뼉을 쳤어요.

바닥을 보니 커다란 대리석 기둥이 떨어져 세 조각으로 부서져 있었어요. 그런데 그 사이로 정말 아름다운 흰 꽃들이 피어 있었지요. 제비는 엄지왕자를 그 꽃의 널찍한 잎사귀에 내려주었어요. 그런데 놀랍게도 아주 작은 여자가 꽃 한가운데 앉아 있는 게 아니겠어요. 어찌나 희고 투명한지 유리로 만든 거 같았어요. 머리에 귀여운 황금 왕관을 쓰고 있었고 어깨에는 너무나도 예쁜 날개가 달려 있었어요. 크기는 엄지왕자만 했어요. 그녀는 꽃의 정령이었어요. 꽃마다 자그마한 여자나 남자가 살고 있었는데, 이 여자는 그들을 다스리는 여왕이었어요.

"저 여자는 정말 잘생겼네요!" 엄지왕자가 제비에게 속삭였어요.

꽃의 여왕은 제비를 보고 크게 겁을 먹었어요. 작고 작은 자신에 비해 너무나도 거대했으니까요. 하지만 지금껏 봤던 소년 중 가장 아름다운 엄지왕자를 보자 마음이 설렜어요. 그래서 자신의 황금 왕관을 벗어 엄지왕자의 머리에 올려주며 이름이 뭐냐고 물었어요. 자신의 남편이 되어주겠냐고도 했지요. 그럼 꽃의 왕국을 다스리는 왕이 될 거라면서요. 그럼요! 이 아름답고 작은 여왕은 두꺼비의 딸이나 검은색 벨벳 코트를 입고 다니는 두더지와는 완전히 다른 아내가 될 터였어요. 그래서 엄지왕자는 "당신과 결혼하겠습니다"라고 대답했어요. 그러자 꽃마다 선녀선남들이 나왔고 모두 아주 작고 귀여워서 보기만 해도 기분이 좋아졌어요. 모두가 엄지왕자에게 선물을 가져왔지만, 최고의 선물은 등에 달 수 있는 아름다운 날개 한 쌍이었어요. 이제 엄지왕자는 이 꽃 저 꽃을 날아다닐 수 있게 되었어요. 모두가 왕자의 행복을 빌어주었고 제비는 위에 있는 둥지에 앉아 최대한 고운 목소리로 결혼행진곡을 불러주었어요. 하지만 좀 서운하기도 했지요. 엄지왕자를 무척 아꼈기 때문에 헤어지기 싫었거든요.

"엄지왕자라는 이름을 사용하면 안 될 거 같아요!" 꽃의 여왕이 말했어요. "그건 좀 꺼림칙한 이름인데 당신은 너무 예쁘니까요. 당신을 꽃의 왕이라고 부르겠어요."

"안녕, 잘 있어!" 제비는 무거운 마음으로 인사를 건네며 멀리, 더 멀리 덴마크까지 날아갔어요. 창문 위로 아담한 둥지가 있었는데 그곳에 제비의 남편이 있었지요. 그는 재밌는 동화를 말할 수 있었어요. "지지배배!" 아내 제비가 남편 제비에게 노래를 불러주었어요. 그렇게 해서 우리가 이 모든 이야기를 알게 된 거랍니다.

그림 **캐리 프란스만** Karrie Fransman

「가디언」「타임스」「BBC」「타임아웃」「텔레그래프」「뉴 스테이츠먼」「더 영
빅」「싸이콜로지스 매거진」「예술 위원회」「괴테 협회」에 비주얼 스토리와
만화를 기고했다. 두 권의 그래픽 노블 『더 하우스 댓 그로운드The House
That Groaned』와 『데스 오브 더 아티스트Death of the Artist』를 펭귄랜덤하우스
에서 출판했다. 사우스뱅크 센터에서 전시회를 열었고 맨체스터 아트갤러
리와 영국 국립초상화미술관에서 「자화상Selves Portrait」 작품을 전시했다.
karriefransman.com에서 더 많은 작품을 감상할 수 있다.

글 **조나단 플랙킷** Jonathan Plackett

크리에이티브 테크놀로지스트, 사상가, 제작자, 코더, 게임디자이너이자
작가이다. 애플리케이션, 웹사이트, 필터, 뮤직비디오, 게임과 책을 통해
재미있고 상호작용과 공유가 가능한 작품을 만드는 데 전문가이다. 그의
작품은 「월스트리트 저널」「슈피겔」「타임스」「텔레그래프」「BBC」에 실렸
다. 최초로 얼굴을 자동으로 바꿔주는 애플리케이션인 페이스 저글러Face
Juggler를 만들었다. 6백만 명이 다운받아 애플스토어에서 판매 1위에 오르
기도 했다. plackett.co.uk를 방문하면 작품을 더 살펴볼 수 있고 트위터
@jonplackett로 연락할 수 있다.

옮김 **박혜원**

대학에서 영어학을 전공하고 대학원에서 영어교육학을 공부했다. 대기업
에서 사회생활을 시작해 중·고등학교 교사를 거쳐 글밥 아카데미를 통해
번역의 길로 들어섰다. 지은 책으로 『유학영어 길라잡이』(공저) 등이 있고,
옮긴 책으로는 『이상한 나라의 앨리스』『빨강 머리 앤』『맥주를 만드는 사람
들』『어린 왕자』『아이 엠 아두니』 등이 있다. 현재 캐나다에 거주하며 번역
작업에 힘쓰고 있다.